私を見つけて

小手鞠るい

幻冬舎文庫

私を見つけて

そもそも人は道路地図ではない。
人は古代エジプトの神聖文字ではないし、本でもない。
人は物語ではない。
ひとりの人間というのは偶然のできごとの集まりだ。
ひとりの人間というのは果てしなく積みあげた岩で、
さらにその下になにかが生えている。

ローリー・ムーア

私を見つけて——目次

愛が買えるなら——9
The Price of Romance
アイ・ラブ・ユーの意味——69
Translating "I Love You"
願いごと——129
Linked Destinies
出口のない森——187
"I've got something to say."
ハドソン河を渡る風——251
Foundations of Strength
解説　長坂道子

愛が買えるなら

The Price of Romance

英会話学校に通い始めた理由は、もちろん、英語をばっちりものにして、近い将来「英語を使って仕事するため」だった。いや、アメリカ留学に備えて、だったかもしれない。留学しておけば、転職に有利だから。そう、それと「今のままの自分じゃいや」だったから。

「本当の自分をさがすため」

浜田弥生が、電車の中吊り広告とファッション雑誌の裏表紙の広告を見くらべて学校を選び、なけなしの貯金をはたいて入学金を支払い、仕事の帰りに駅前で個人レッスンを受けることにしたのは、だから決して、アメリカ人とつきあってみたい、アメリカ人のボーイフレンドがほしい、アメリカの男って、いったいどんな風に愛を語るのか知りたい、そんな理由からではなかった。

「本当の自分？　でもそれって、いちいちさがさないと見つからないものなの？」

自称、うだつのあがらない貧乏カメラマンの青山研一郎は、吉祥寺《きちじょうじ》にあった安アパートの四畳半の万年床のなかで、弥生の首根っこから、しびれている腕枕をそっとはずしながら、そう言った。

「そうだよ。あたし、今のままじゃ、いやなの。満足できないの」

「え、どうして？　今のままでいいじゃん」

「よくない」

「なんで。俺は今のままのやっちゃんが、けっこう好きだけどなあ」

「研ちゃんはよくても、あたしはいやなの！」

「ふうん。どうしてまた、そんなにいやなんだろうね」

「あのねえ、それはねえ、研ちゃんがねえ」

　言いかけて、やめた。研ちゃんがはっきりしないからだよ、という言葉を、弥生はぐっと呑《の》みこんだ。結婚するのか、しないのか。このままずるずる半同棲《はんどうせい》の形でつきあっていって、あたしたちの将来はどうなるのか。過去に何度も似たような会話を繰り返してきた。そのたびに同じような諍《いさか》いが始まった。そのたびに、いらいらしたり、さびしくなったり、自分の気持ちにうまくまとまりをつけられなくなって、途方に暮れたりしてきた。相手だけではなくて、自分で自分を傷つけるような言葉を口にしてしまって、後味の悪い気持ちを味わってきた。それに、自分の置かれている状況――ぱっとしない仕事、ぱっとしない人生、すべてにおいて息詰まっているような――をこの人のせいにするのはよくないと、弥生にはわかっている。頭ではわかっている。

研一郎は、枕もとの煙草に手を伸ばして、火をつけ、天井に向かって煙を吐きながら、ぼそっとつぶやいた。

「あーあ。宝くじでも買うかな」

「何それ」

「金さえあったらな。一千万くらい、どっかから降ってこないかなあ。そしたら今すぐにでも結婚できるんだけど」

「べつにあたし、今すぐ結婚したいと言ってるわけじゃない」

弥生が望んでいるのは、結婚の約束をしてほしい、ということ。三年後とか五年後とか、とにかく確実な約束がほしい。それさえあれば、待てる。いつまでだって、待てる。でも弥生がそんな風に言ったなら、研一郎から返ってくるのは、きっとこんな言葉だろう。

「約束してしまって、それを守れなくなって、やっちゃんを失望させてしまうくらいなら、はじめから約束なんてしない方を選ぶ」

来年の誕生日が来ると、弥生は三十歳になる。

〈町で一番の美女〉。大阪の実家を出て、東京で暮らし始めた短大生時代、下北沢の街を友だちと歩いているとき、女性週刊誌のカメラマンだった研一郎に声をかけられて、そんなタイトルのグラビアページに出たことがあった。スリムな長身。中学、高校とテニスで鍛えたしなやかな手足。いくら食べても太らない体質。研一郎曰《いわ》く「ファッションモデルだと言っても通用するようなルックスの持ち主」だった。

短大を卒業したあと、当時は花形業種だった証券会社に就職した。入社したばかりのころは、お嫁さんにしたい女の子のナンバーワン、とささやかれ、もてはやされた。二年間「カウンターレイディ」として働いた。カウンターの前にすわって接客をする、という仕事である。

三年め、人事異動があって、弥生はカウンターからすこしだけ、うしろの席にすわることになった。カウンターの前にはその年、短大新卒で入った「若くてきれいな」女性社員がすわった。

五年め、弥生のデスクはまた一列、うしろに下がった。

七年め、弥生の座席は一番奥になった。すぐうしろは課長の席だった。課長から執《しつ》拗《よう》なセクシャルハラスメントを受けた。それに対して、課長に恥をかかせるような「子どもっぽい」反応をしたためか、八年め、弥生は資料室に配属となった。朝から夕方まで、ただコピー機の前に立っていただけ、というような日もあった。ある日、ふと気づいたら、その支店の女性社員のなかでは三番めに「古い女子社員」になっていた。証券会社の経営の雲ゆきも、しだいにあやしくなっていく。このまま、この会社で働きつづけていても、いいことは、何にもないような気がする。サイズのあわない制服を、むりやり身につけようとしているような日々。すくいあげても、すくいあげても、手のひらから、容赦なくこぼれ落ちていく砂。

弥生はあせっていた。交差点に立って、信号待ちなどしているときには、ふっと、どうしてあせらなくてはならないのだろう、と、思うこともあるのだけれど、でも信号が青に変わって、いったん歩き始めると、やはりこのままではいけない、なんとかしないと、とあせる気持ちがふくらんでゆく。

研一郎は、優しい。おだやかで、楽観主義者で、細かいことをいちいち気にしない、茫洋《ぼうよう》とした彼の性格が弥生はとても好きだ。カメラマンとして、彼が大きな野心をもっていることも弥生は知っている。その野心は、決してぎらぎらしたものではない。いつもまっすぐに太陽の方を向いて生きている、何だかひまわりみたいな男だな、と思う。頭もいい。だけど。

その優しさや茫洋としたところが、頼りなく思えてしまうこともある。優柔不断で、煮えきらない男、と映ってしまう。仕事に対する野心は、それは裏返せば、結局自分のことしか考えてないんじゃないの、と、弥生に言わせてしまうことになる。宝くじ、宝くじ、と念仏のように唱えている研一郎の、見慣れた背中のほくろを見つめながら、

「あんたはうちのことを、ちっともわかってへん。あんたは、アホや」

と、弥生は関西弁で思っている。

お金なんかなくたって、結婚はできるし、あたしは研ちゃんが、どんなにしがないカメラマンでも、贅沢《ぜいたく》な生活なんかできなくても、かまへんのに。強引に、あたしに有無を言わせず、俺といっしょになってくれ、と言ってくれたら、あたしはどこまでだってついてゆくのに。

そんな言葉は、けれどいつも言葉にならないまま、弥生の胸のなかに降り積もっていく。静かに、音もなく。

あの場所から、ずいぶん遠くまできてしまった。

自分をさがすために？　本当の自分を？

井の頭線の電車が通るたびに、窓ガラスがびりびりとふるえた吉祥寺のアパートの二階のすみっこの部屋。結婚するふんぎりがなかなかつかない男と、じれて、すねて、待ちきれなくなって、でも言いたいことは何にも言えずに、もどかしい思いを抱えながら、天井を見つめている女。部屋のなかに落ちていた、恋のかけら。

ずっとあとになって——アメリカで暮らすようになってから——弥生はよく、そのころのことを思い出しては、こう思った。もしかしたら「本当の自分」は、あの部屋のなかにいたのかもしれない。あたしはあの部屋に、本当の自分を置き去りにしたまま、何億光年も離れた惑星まで、飛んできてしまったのだ、と。

英会話学校で、はじめてチャールズの授業を受けた日、弥生はさんざんな目に遭わされた。

それまでに、弥生が向かいあった教師といえば、七〇年代の思い出話で勝手に盛りあがってばかりいる、ヒッピーくずれのくたびれたアメリカのおじさんや、口を開けば、うんざりするような人種差別のジョークが出てくるイギリス人青年や、いつも不機嫌で、エイトの発音はアイトよ！　何度言ったらわかるの！　と、大げさに肩をすくめるオーストラリア人女性など、がっかりさせられるような先生ばかりだった。

そこに、やわらかな金髪をなびかせて、颯爽《さっそう》とあらわれたチャールズは、クールな笑顔が見目麗《うるわ》しいハンサムガイ。まるで掃きだめに鶴やわ、これはサラブレッドのアメリカ人かもしれん、と、弥生はチャールズのブルーの瞳に視線をあわせながら、ひそかに胸をときめかせた。

しかしそんなときめきは、英会話のレッスンが始まると同時に、こなごなに打ち砕かれることとなった。

「きみはどうして英語なんて習う気になったんです？　英語学習の目的は何？」

「はい……あの……それは……わたしは英語を勉強して、英語を使ってできる仕事につきたいと思ってるんです」

「英語を使える仕事って、どんな？　通訳か翻訳かフライトアテンダントとか？　それとも英語の教師とか？」

「いいえ、違います」

「なら、どんな仕事？　職種は何？　英語を使える仕事って、ほかには何がありま すか？　思うに、きみの場合には英語ではなくて、日本語を使える仕事につくことを、考えた方がいいんじゃないのかな。得意な日本語を使って、きみの一番好きな分野とか専門ジャンルを生かせるような仕事につくべきじゃないかな。その方が絶対にうまくいくような気がしますが、そうは思いませんか？」

　チャールズは早口の英語で、弥生を質問攻めにした。それはチャールズなりのレッスン術だったのだろうか。やっとのことで弥生がひとこと、ふたこと、何とか答えを返すと、それに対して即座に「なぜ、どうして、何のために？　それは何？　どういうこと？」という新たな質問の矢が、びゅんびゅん飛んでくる。答えに詰まって弥生が立ち往生していると、「さ、何か言って。さあしゃべって。きみは何かを話すためにここに来てるんでしょう」などと、さらに機関銃のような攻撃。

「きみの考えをきちんと説明してください。言葉にして、相手にわかるように説明できない考えなんて、それは考えとは言えないですよ。きみの頭には、考えというものがないわけじゃないでしょう。じゃ、どうぞ話して」

「わたしは、将来アメリカの大学に入って、勉強したいんです。そのために、わたしは英語を勉強しています」

チャールズは弥生の答えを聞いて、唇のはしにふふっと笑みを浮かべた。

「ほう、アメリカの大学ねえ。アメリカの大学に入って、何を勉強するんです？」

「あの、それはまだ、決めていません」

チャールズから返ってきたのは「ははは」という大きな笑い声。

「それはおかしい。まったくヘンだ。大学というところは、何を学ぶかをまず決めて、それから入学するのが普通の順番というものでしょう。たとえばきみは、会社に入ってからその会社でやる仕事は何なのか、考えるんですか。違うでしょう。反対でしょう。こういう仕事がしたい。だったらこういう会社がいいんじゃないか、そういう風に考えるものではないですか。どう思います？」

弥生はこてんぱんにやっつけられている。ぺしゃんこになっている。これではまるで、恥をかかされるために、わざわざお金を支払って、ここにすわっているようなものだ。

「だから、きみがまず考えるべきことは、きみがどんな仕事をしたいのか、ということではないですか。つぎに、その仕事につくためにはどんなスキルが必要なのか、そしてそのスキルを身につけるためには、どこにある、どんな大学のどの学部に入ればいいのか。人生設計というものは、そんな風に順序だてて、考えていくものですよ。そんなこと、小学生でもわかることじゃないですか。それにしても、あなたは変わった人だなあ」

弥生の気持ちはさっきから、恥ずかしさを通り越して、怒りの方向へと向かっている。チャールズは、「ユーアー・ソー・ファニー！」と言いながら、へらへら笑っている。

どうもこいつに馬鹿にされているみたいだ。くやしい。英語が下手《へた》というだけで、幼稚園児のようにあしらわれて、このまま黙って引き下がっているわけにはいかない。もともと、負けん気の強い性格だ。ここは何とかしてこいつに一発、パンチをかましてやりたい。こいつの「高い鼻」を明かしてやりたい。弥生はおなかに力を入れて、頭のなかで組み立てた英文を一語一語、力強く発音してみた。

「だから、わたしは、アメリカの大学で、英語をしっかり勉強して、アメリカからもどったら、日本にある外資系の会社に就職して、そこで秘書の仕事をしたいんです」

これでどうやねん！　と、弥生は思っている。

一、二秒の間があって。それからチャールズは、それまでよりもちょっとだけ砕けた感じの口調で言った。

「秘書？　秘書だって？　ははは、冗談きついなあ」

笑い声も、どこか砕けていた。心の底から笑っていたのかもしれない。

笑ったあとでチャールズは、コホン、と咳払いをひとつして、居住まいを正してから、このようにつづけた。

「いいですか、ヤヨイさん。あなたにひとつ、教えてあげましょう。アメリカの会社じゃ、秘書っていうのはだいたい、中年のオバサンの仕事ですよ。あなたのような将来性のある若い人がつく仕事じゃない。だってそうでしょう。秘書は雑用係ですよ。専門知識や専門技能や資格をもっていなくても、できる仕事なんです。だからだいたいはその場しのぎというか、たとえば子育てを終えた人が新しい仕事を見つけるまでに一時的につく、とかね。あとは学生のアルバイトとか。あなたは日本のカレッジの英文科を出て、今は証券関係のプロフェッショナルでもあるわけだ。それでさらにアメリカの大学を出て、学位を取ったあとに、わざわざ秘書になるなんて、ヘンじゃないですか」

弥生は壁のように黙って、チャールズの口もとを見つめていた。ここに来る前に、駅前の書店で立ち読みしてきた就職情報雑誌の特集記事のなかでは、外資系の会社の秘書は「あこがれの職業トップ5」のなかに入っていたのに、と、思いながら。

「それにね、ヤヨイさん。英語なんてアメリカじゃ、三歳のガキでもしゃべってるんですよ。わざわざ高い金を支払って、アメリカくんだりまで出かけて、そんなものを勉強するよりはいっそのこと」

　チャールズは弥生の顔に、こもれ陽のような視線を降りそそぎながら、ごくまじめな表情で、こう言った。それまでの攻撃的な口調は、もうどこにもなかった。

「僕は思うのだけれど、あなたみたいに美しい人なら、モデルとか、映画俳優とか、何かそういう仕事をめざしたらどうなんです？　英語を使ってする仕事なんて、たかが知れてるじゃないですか。秘書なんて、そんな地味な仕事じゃなくて、あなたなら、自分の美貌《びぼう》を生かして、もっとクリエイティブな仕事ができると思う。自分で自分の魅力に気づいていないのではないですか？　自己評価が低過ぎます。もっと自分に自信をもってください」

　悪い気はしなかった。

　目の前の霧が、さーっと晴れていくような、そんな爽快感を弥生は味わっていた。

霧が晴れたあと、そこには、弥生をまっすぐに見つめるチャールズの瞳があった。

「セルフエスティームという言葉を知っていますか？　この言葉、今日は覚えて帰ってください。あなたに必要な言葉だと思うから。つまり、自分に対して敬意をもつ、自分を愛する、自分を高く評価する、という意味の言葉です」

そのとき弥生はチャールズに、ぐいっ、と引き寄せられたような気がしていた。この人、なんか、すっごく感じいい。言いたいことをずけずけ言って、一見相手に全然気をつかってないみたいに見えるけれど、でも何だか、すごく気持ちいい。空がスコーンと晴れてる、って感じ。

率直なところ。正直なところ。ストレートなところ。思っていることはすべて言葉にして、相手に伝えるというその姿勢。だから、言葉の裏に隠された意味を推察したり、沈黙やため息や表情から、何かをくみ取ったり、しなくてもいいということ。ためらいとか、はにかみとか、遠慮とか、そういうものを取り払った領域で、つきあっていけること。それから、彼のポジティブシンキング。自分の欠点や短所を、つねに美点であり、長所であるととらえようとする、自己肯定的な考え方と生き方。

チャールズとつきあい始めてから、いったいどういうところが魅力なの、と友だちに訊かれるたびに、弥生はそんな言葉を臆面《おくめん》もなく並べ立てたものだった。

「それって、やっぱり彼がアメリカ人だからってこと？」

「どうかな。とにかく、うだうだしたところがないのね。いつもイエスかノーか、好きか嫌いか。はっきりしてんの。たとえば喧嘩《けんか》とかしても、終わったあとはからっとしてんだよね」

「英語でしゃべっているせいかもね」

「それはあるかも。不思議なんだけど、日本語なら絶対に言えないようなことが、英語だとすらすら言えちゃうみたいな、そんな気がする。本当の自分を表現できるのは、もしかしたらあたしの場合、英語なのかもしれない。だから下手でも英語で話してると、何だかとってもすがすがしいの。言いたいこと、ずばずば言っても、それで相手を傷つけるってこともないみたいだし。それに」

それに、弥生がチャールズに夢中になったわけは、ほかにもあった。

「解放感があるの」

「解放感？」

「うん、解放感。ときはなたれる、という感覚」

「何から？」

「日本社会からのしめつけ。女は何歳くらいで結婚して、子どもはふたりくらい産んで、女の幸せはやっぱり……どうのこうの……とか、そういう女性観からの解放」

日本のものさしを捨てて、自由に生きられる。チャールズといっしょなら、それが可能になる。ああ、それだけじゃない。もっと、ある。彼の魅力は、もっと、もっと、たくさん――。

たとえばそれは、ロマンチック、ということ。それまでは外国の映画や小説のなかだけで起こることなんだろう、と思ってきたことが、自分の目の前に、現実のできごととしてさし出される、それを受けとめる喜び。

雑踏のなかで、いきなりきつく抱きしめられても、電車のなかでキスをされても、公園の芝生の上でおおいかぶさってこられても、チャールズなら何もかも、さまになる。歯の浮くような英語の台詞《せりふ》――宇宙でたったひとり、僕はきみを愛する。だとか、きみにめぐり会うために、僕は生まれてきた。だとか――も、チャールズの腕に抱かれて聞けば、歯の代わりに浮くのは体だった。

「カフェオレ色のきみの肌が好きだ」

「きみは世界で一番素敵な僕の甘いハート」

「僕はきみにノックアウトされた」

「僕の残りの人生はすべてきみに捧げる」

愛の行為とともにさし出される愛の言葉によって、弥生は今までに味わったことのない快感を得た。

「アメリカ人中毒になりそう」

と、弥生は笑いを含んだ声で、友人に言ったものだったけれど、これはまんざらジョークなんかではない、と、心のなかでは思っていた。あたしはもう、ほろ苦くて、渋くて、曖昧《あいまい》なところがあって、何を考えているのか、わかるようでわからないような「日本の男」では、だめなのかもしれない、と。

チャールズとつきあうようになったきっかけは、三回めのレッスンの最中に受けた、こんな質問だった。

「ところでヤヨイ。あなた、いくらくらい払ってるの？　この悪徳英会話学校に」

弥生が金額を教えると、チャールズはいきなりテーブルの下から両腕を伸ばして、弥生の手を握りしめてきた。

「英会話の最短の上達方法は、英語を話す恋人をもつことだよ。きみさえその気があるのなら、いつでも僕のところに電話してきなさい。僕がいくらでも教えてあげるから。すぐにしゃべれるようにしてあげるよ。無料でレッスンしてあげる」

ただし場所はベッドのなかで、というわけだった。

チャールズのその強引さ、速攻、押しの強さはまさに、弥生が長いあいだ研一郎に求めつづけてきて、かなわなかったことだった。結婚のプロポーズも、弥生がたじたじしてしまうほど積極的で、熱烈なものだった。

「留学なんかやめて、僕と結婚してアメリカに行けばいいじゃないか」

「きみと結婚できなければ、僕は死ぬ」

「日本にやってきたのは、きみにめぐり会うためだった」

恋人同士になってから、まだ三ヶ月くらいしか経っていなかった。結婚は、もうすこしつきあってから、と言う弥生に対して、チャールズは「つきあった時間の長さよりも、密度の濃さを、僕は重要視している」とゆずらない。

弥生のアパートに、三日つづけて届いた薔薇《ばら》の花束。合計するとちょうど百本になった。百歳になるまでいっしょにいたい、と書かれたカード。大阪に連れて帰って、弥生の両親と兄夫婦に紹介し、おおいに気に入られて、めでたく婚約。白馬に乗った王子様に見そめられたシンデレラ気分で、弥生はチャールズと結婚し、意気揚々とアメリカにやってきた。二年半前のことだ。

今、鏡のなかに映っている女の顔のどこにも、シンデレラの面影はない。くたびれ果てた顔だ。ファーストフードの食べ過ぎか、肉料理の食べ過ぎか、それとも甘いものに目がないチャールズといっしょになって、毎食後にデザートを食べてしまうせいか、アメリカに住むようになってからというもの、顔から吹き出ものがすっきりなくなるということがない。額に出たのが消えたと思ったら、くちびるのそばに出る。それが消えたらあごに出る。赤紫のにきびが、まるでじゃがいもの芽のようにあちこちから、ぶつぶつ吹き出してくる。

ついさっきまで泣いていたせいか、まぶたがぼうぼうに腫《は》れている。酒を飲み過ぎたせいか、頰《ほお》がたるんでいる。西海岸の容赦ない太陽光線に焼かれて、皮膚にはうっすらと染みが浮き出している。くちびるが、荒れてる。目尻に、シワ。なんて醜い顔。信じられない。これがあたし？　これがほんとにあたしの顔か？

弥生は鏡のなかのみじめな女の顔をにらみつけた。

今しがた、しこたま吐いたばかりだけれど、まだ吐き気がする。胃が痛い。悪寒と、激しい頭痛。薬がほしい。弥生は思わず、洗面台のそばの壁にかかっている受話器を取りあげた。けれども、

「フロントです。何かお手伝いすることでも？」

という、なめらかな英語が耳に入ってきた瞬間に、あわてて受話器を壁にもどした。

鎮痛剤がほしいのです。胃腸薬でも頭痛薬でも風邪薬でもいいんです。

それだけのことを、英語ですらすら言える自信が弥生にはないのだ。鎮痛剤は「ペインキラー」だとわかっている。だから、つっかえながらなら、言えないことはない。

「ホワット？」

「パードン？」

「スキューーズミー？」

などと何度も聞き返されて、そのたびに言い直す。冷や汗をかいて、喉《のど》を詰まらせ

ながら、一生懸命発音し直しているうちに、言いたいことは伝わるだろう。でも今は、そんな七面倒くさいことをする気力はない。それに、とにかく恥はかきたくない。恥をかくくらいなら、このくらいの痛み、我慢した方がまし。意地っぱりな性格は生まれついてのものだ。

くらくらしている頭を抱えて、弥生はよろけそうになりながらバスルームを出た。

ネバダ州にあるギャンブルの街、リノ。ラスベガスをそのまま模倣して、サイズだけを縮小したような都市だ。そのダウンタウンにそそり立っている高級ホテルの一室に、弥生はいる。

窓からは、けばけばしい電球で飾り立てられた「リノ・アーチ」が見えている。夜になるとそこに〈世界でもっともビッグな、リトル・シティ〉という英文が浮かびあがる。

キングサイズのベッドが小さく感じられるほど、だだっ広いベッドルーム。こんなに広いとかえって落ちつかない、この広さは人を不愉快にすらさせる、と、弥生は思う。となりには家具つきのリビングルームとダイニングルームまでついている。このホテルは全室、スイートルームなのだ。なのに料金は信じられないくらい、安い。普通のホテルの半額以下。ギャンブルでお客がどんどん金を落としてくれるから、ホテルの部屋代なんて、タダにしても採算はとれるのだろう。

弥生はベッドのはしに蛹《さなぎ》のように身を横たえて、窓の外に目をやった。ネオンサインの洪水だ。夜なのに、真昼間のような明るさだ。新宿の歌舞伎町も大阪の道頓堀も顔負け。派手で、薄っぺらで、下品で、最悪の趣味。まるで安物のポリエステルのシャツみたいな町。逆立ちしてみたって、どう転んだって、好きにはなれない町だ。

乱れたシーツと毛布を引き寄せながら、弥生はつぶやいた。

「こんなところ出て、早く帰りたい」

迷子になった気分だ。でもいったい、どこへ帰ればいいのか？

小一時間ほど前にはこのベッドの上で、チャールズといちゃついていた。洋服を脱がせあって、キスをしあって、そのまますうまく進めば、セックスによって何もかもが、うやむやになっていたのかもしれない。でもそうはならなかった。途中で、大喧嘩が勃発《ぼっぱつ》してしまった。喧嘩の原因は犬も喰わない些細《ささい》なこと、ではなかった。すくなくとも、弥生にとっては。

思い返せばそれは、結婚直後からずっと、心のどこかに引っかかっていたことだったのかもしれない。でも弥生自身、それが何なのか、漠然と気にはなっていても、どこがどういう風に気になるのか、どうして気になるのか、自分でもよくわからなかった。ようするに、心のなかに小さなほころびができていた。そのほころびが思いもかけないところから広がって、破れて、そうして裂けていったのだ。修復不可能なほどに。


「なんや！　見そこなったわ」

弥生は、胸におおいかぶさっていたチャールズの顔を引きはがしながら、言った。

「あんたなんか男のクズや。クズ以下や。守銭奴《しゅせんど》で、意地汚くて、最低の男や！　恥知らず。あんたなんか自分のチンポ嚙《か》んで死んだらええわ！」

口から火を噴くような勢いで、ありたっけの罵倒《ばとう》の言葉を重ねてみたけれど、日本語は「どうも」と「毎度おおきに」くらいしか知らないチャールズに、どこまで弥生の真意が伝わっただろうか。

「出てって！　あんたなんか、大っ嫌い。顔も見たくない！　今すぐここから出ていって」

　この台詞は、英語で言った。

　チャールズは怒り狂っている弥生の髪の毛に触れながら、なだめた。

「わかったよ、ベイビー。そんなに言うなら出ていく。ちょっと下のバーで一杯引っかけて、そのへんで頭を冷やしてくるさ。きみももうすこし冷静になって、ようく考えてごらん。このことには、われわれの将来がかかってるんだからね。僕の言ってること、わかるだろ、ベイビー」

　妙に落ちつき払った口調と態度に、よけいに腹が立った。

「何がベイビーや！」

　弥生の髪の毛を指でもてあそんでいるチャールズの手を、思いきり強く払いのけた。

「うるさい！　うちはいつでも冷静や。考えることなんか、ないわい」

　ベッドから離れて、ごそごそと衣服を身につけているチャールズの背中に向かって、弥生はベッドのなかから枕を投げつけた。一個、二個、三個。

　チャールズはそれらを無視してゆっくりと身支度を整え、静かに部屋を出ていった。

出ていく前に弥生のそばまでやってきて、額にキスをしようとする余裕さえ見せた。

不敵な笑顔。その顔に向かって、弥生は「ファックユー」という言葉を吐いてやった。せいいっぱいの反撃だった。チャールズは肩をすくめて、ふふっと笑って、バタン、とドアを閉めた。その瞬間、胸の奥がきゅっ、ときしんだ。

裸にされたままベッドに取り残された自分が、ひどく哀れな存在のように思えてきた。侮辱された、と思った。しかも、自分の夫に侮辱されたのだ。泣きたかった。でもくやしさのあまり、涙も出ない。

冷蔵庫を開けて、シャンパンの残りをボトルから直接、ぐびぐび飲んだ。缶ビールも、ワインも、ウィスキイのミニボトルも、何もかも全部飲み干した。アルコールが体中の血管を巡り始めるのと同時に、たまっていた涙が堰《せき》を切ってあふれてきた。

弥生はベッドに倒れこむと、シーツを頭からかぶって、ひとしきり泣いた。わあわあ泣いたあとで、急な睡魔におそわれて、枕のなかに顔をうずめた。目覚めたときには嘔吐《おうと》感《かん》が、喉もとまでこみあげてきていた。ベッドから這《は》い出して、バスルームに飛びこみ、便器の前にひざまずいた。

あの男、いったいどこへ行ったのだろう。どこで何をしているのか。

弥生はベッドサイドの時計をながめながら、そう思った。チャールズがこの部屋を出ていったのは確か、夜中の十二時くらいだったはずだ。今、時計の針は午前一時半をさしている。性懲りもなく、またカジノに舞いもどって、ギャンブルをしているのか。

時計のそばに置かれているクリーム色の受話器を、弥生は取りあげた。吐き気はおさまっていたけれど、頭と胃が痛かった。断続的に、腹の奥をキリでかきまわされているようなさしこみがやってくる。

「研ちゃんに電話してみよう」

と、弥生は思った。そのときはただ、研一郎が何か薬――たとえば正露丸とか――を持参してきているなら、それを分けてもらいたいと思っていただけだった。

「もしもし、あ、研ちゃん。あたしやけど。寝てた？」

「ああ、やっちゃんか……」

その研一郎の第一声を聞いた瞬間、いやな予感がした。嘘！　もしかして、あいつ……まさか……まさか、あいつ……。気持ちがざわざわ波打っている。胸騒ぎが押し寄せてくる。

弥生よりも先に、研一郎が口を開いた。

「チャールズさんなら、ここにいるよ。電話かわろうか？」

ひどく疲れているような声。いや、しょげているような声ともとれた。

ああ、やっぱり。弥生は打ちのめされた。研一郎のこの言い方からして、チャールズはおそらくあのことを、研一郎に話したに違いない。

「ううん、かわらなくていいよ。あたし今からそっちに行くから」

そのあと、弥生は声色をすこしだけ変えて、言葉をつづけた。

「ね、研ちゃん。イエスかノーだけ言ってくれたらいいんやけど、あんた今、何か非常に困ったような状態になってるのと違う？」

返事はなかった。きっとチャールズがそばにいるから、答えにくいのだろう。

「やっぱり？　あいつに何か言われたんやな。イエス？」

「うん、まあ」

「わかった。今からすぐ、うちがそっちへ行くから。待ってて」

「うん」

「研ちゃん、あのドアホ男に何言われたか知らんけど、本気にせんといてよ。お願い。

わかった？」

「……わかった」

受話器を置くと、弥生はベッドから野兎のように転がり出た。あの男、絶対に許さへん。今度という今度は。今日という今日は、絶対に。裸のままで、部屋のなかをぐるぐると数回まわった。


三人でリノに繰り出そうぜ、と言い出したのは、チャールズだった。

「ニッポンからはるばるやってきた弥生の昔の彼氏に、アメリカでひと山あてて、大富豪になって、帰ってもらおうじゃないか。どうだい？　このすばらしいアイディア」

弥生はキッチンに立って、三人分の朝のコーヒーを淹《い》れているところだった。振り返って「グッド・アイディアね」と言ったけれど、その声がふたりの耳に届いたかどうかはわからない。ダイニングルームからは、男たちの快活な笑い声が流れてきただけだった。

研一郎は、一週間前に成田を発ち、ロスに到着した。そして、ひとりでロスとサンフランシスコを観光したあと、長距離バスに五時間ほど揺られて、弥生とチャールズの暮らしている町、レイクタホまでやってきた。タホはネイティブ・アメリカンの言葉で、「ビッグ・ブルー」という意味だ。ネバダ州とカリフォルニア州の州境にある町レイクタホは、その名のとおり、青く澄みきったタホ湖を抱くようにして広がっているリゾート地。弥生とチャールズはその湖の南岸にあるサウス・レイクタホの郊外に住んでいる。

ふたりは昨夜《ゆうべ》、車でバスターミナルへ研一郎を迎えにいって、この家まで連れてきた。

最初の約束では、木曜日の夜から日曜日の朝まで、研一郎はふたりの家に滞在する予定だった。一ヶ月ほど前、東京からかかってきた電話で、研一郎から旅行の計画を知らされ、「そっちを訪ねていってもいいだろうか。チャールズさんに訊いてみてくれないか」と打診された。チャールズは一点の曇りも、憂いもない笑顔で「大歓迎だ。まったくオーケイだよ」と言ってくれた。さらに、近くのB&B——ベッドアンドブレックファースト。朝食つきの民宿——かモーテルの部屋を取る、という研一郎の申し出を伝えたときには「うちに泊まってもらえばいいじゃないか。部屋はいっぱいあるんだし」と、提案してくれた。

そのとき弥生は、素直に喜んだ。うれしかった。妻が昔つきあっていた男に対して、このように寛容な態度をとれるアメリカ人の夫が、誇らしく、頼もしかった。こういうこと、日本人男性には到底できないだろうな、とも思った。日本人なら、昔の男に会うだけでも抵抗感を示すだろう。なのに、その男を家に泊めてもいい、とまで言ってくれているのだから。

コーヒーの入ったポットを手に、弥生はダイニングルームにもどった。

チャールズはその昔、自分がリノのカジノでいかにして儲《もう》けたか、自慢話を語って聞かせていた。

「いやー、楽しみだなあ。俺、アメリカのカジノ、前から一度、体験してみたいと思ってたんですよ」

「そうかい、それはよかった」

チャールズはいかにも、研一郎をリノへの観光旅行に誘ってやっている、という風を装っていたけれど、本当の理由は全然別のところにあった。ふたりが住んでいる家にはある事情があって、この週末、家にはいられなくなった。そのことを隠蔽《いんぺい》するために、チャールズはこの小旅行を画策したのだ。それぞれのコーヒーカップに、黙ってコーヒーを注いでいる弥生にも、もちろん、その事情はわかっていた。

「なら、ちょうどいいことがほかにもあるぜ。朝一番にうちを出発すれば、昼までにはリノに着くだろう。週末はリノでたっぷり遊んで、帰りは直接リノから車で、空港まで送ってくよ。それでどうだ」

カジノなら、わざわざリノまで行かなくても、弥生たちの住んでいる町のすぐ近くにもある。でもチャールズはどうしても研一郎をリノまで連れていきたい。そうして帰りはそこから直接、空港まで送り届けなくてはならない。

「え！　空港まで行ってもらえるんですか？　それは好都合だな。助かります。ありがとうございます」

何も知らない研一郎は、感謝の言葉を重ねた。研一郎の当初の計画は、日曜日にふたたびバスで五時間かけてロスまでもどって、ホテルで一泊し、月曜の午後、ニューヨークまで飛ぶ、というものだった。ニューヨーク州の田舎町に住んでいる姉夫婦に会いにいくためだ。

「だったら、ロスのホテルの予約、キャンセルしておきます」

「その金、賭《か》けに使って、さらに倍にしたらどうだ」

リノに向かう車のなかで、チャールズと研一郎ははしゃぎっぱなしだった。

バイク狂いのチャールズと、似た者同士の研一郎は、バイクの話、とくにハーレイダビッドソンの話で盛りあがっていた。

「ハーレイのエンジン音って、ポテトポテトポテトって聞こえるだろ。あの音が特許を申請してるって話、知ってた？」

「知りませんでした。音で特許なんて、取れるんですかねえ」

いったいいつのまに、どこでだれに習ったのか、研一郎の英語は川の流れのようにスムーズだった。弥生はアメリカに、かれこれ二年半も住んでいるというのに、ふたりの会話に追いつくことができない。車のなかに英語があふれているときには、後部座席で石のようにかたまって、窓の外の景色ばかりながめていた。研一郎はチャールズに気をつかっているのか、弥生に話しかけるときにもわざと英語を使おうとする。それに対して、弥生は日本語で答える。するとそこから自然に、日本人ふたりの会話は日本語になる。そうすると今度はチャールズが黙ってしまう。研一郎はそれに気づいて、また英語に変える。こういうことの繰り返しだった。

研ちゃんとふたりきりになって、思いきり日本語で話したい。話したいことが、ある。弥生はそれを切望している。けれどもチャンスはなかなかめぐってこない。

一度だけ、車内でこんな会話が交わされた。途中の町で立ち寄ったガソリンスタンドで、コーラを買ってくると言って、チャールズひとりが店のなかに入っていったときだった。助手席にすわっていた研一郎が弥生の方を振り向いて、言った。

「やっちゃんが幸せそうで、ほんとによかったよ」

三年ほど前のことになるか、チャールズと結婚することにした、と、打ち明けたとき、研一郎がつぶやいた言葉を弥生は思い出していた。やっちゃんが、それで幸せになるなら、俺は……。そのあとは、あきらめる、だったか、身を引くしかない、だったか、いや、祝福するだったか。どうすることもできない、だったような気もする。

ああ、研ちゃん。と、弥生は思った。

何から話せばいいのか、どう話せば、わかってもらえるのか。言葉が喉のあたりでもつれ、からまっている。やっとのことで、弥生がくちびるに乗せることのできた言葉は、こうだった。

「幸せだけど、あたし、退屈してる」

幸せであるはずがなかった。それに、退屈、というのともちょっと違う。倦怠、かもしれない。いや、倦怠よりももっと鬱陶《うっとう》しい生活。でも今の自分の暮らし——結婚生活——をどういう風に表現したら、研一郎にわかってもらえるのか、弥生にはわからない。ひとことでは言えない。幸せじゃないことは、確かだけれど。

弥生はいらいらしている。日本語はもどかしい、とも思う。いっそ英語で「あたしは不幸なんです」とずばり表現してみようか。

「あんないい家で、あんないい暮らししてて、退屈だなんてそれは贅沢というものだよ。アメリカンドリームの実現じゃないか」

「だって朝から晩まで毎日毎日、おんなじことの繰り返しなんやもん。掃除、洗濯、料理。掃除、洗濯、料理。ときどき買いもの。友だちいないし、あそこすんごい田舎でしょ。遊ぶ場所ないし、免許ないからひとりでどこにも出かけられへんし、英語もできへんし、それに」

「それに？」

研一郎が体を大きくまわして、後部座席の弥生の方を向いたとき、チャールズが「お待たせ」と言いながら運転席にもどってきて、ふたりにコーラを配り、もと恋人同士の会話はそこでとぎれた。もっとも、チャールズがもどってこなくても、そのつづきは、弥生には話せなかったかもしれない。

あれが、いい暮らしなのか。アメリカンドリームの実現なのか。そんなはずはない。そんなはずはない。そんなはずは絶対に、ない。ないんだけれど、でもそれを、あたしはつづけている。自分をだましだまし、つづけている。なぜなのか。それは、愛があるから。運転席でハンドルを握っている男を、愛しているからだ。愛しているから結婚した。愛しているからアメリカまでやってきた――。

懸命に、そう言い聞かせながら、弥生は窓の外に視線を投げつけた。外の景色は弥生の目には映らない。自分の淀んだ心だけを、弥生は見ている。カリフォルニア州からネバダ州に入って、50号線から28号線に乗って、さらに431号線に乗りかえて、車はリノへと向かっている。けれども弥生には、この車はさっきから、ちっとも前には進まないで、同じ場所で足踏みしているのではないかと思えてしまう。

何もかも一気に、研一郎にぶちまけてしまおうか。日本語でしゃべれば、チャールズには何もわかりはしないだろう。本当のことを話したい。研一郎に、本当のことを。そんな衝動を抑えるのに、弥生は必死だった。

「研ちゃん、あの家はね、あたしたちの家じゃないんだ。あの家は、よその人のおうち。大金持ちの人の別荘。家のなかにあるものは全部、他人のもの。家具も食器も何もかも。この週末、持ち主が急に家を使いたいと言い出して、あたしたち、行き場がないから、それで。

その家は、なだらかな丘の頂上に建っていた。

まっ白な外壁に、ブルーの窓枠と玄関ドア。エーゲ海風といえばいいのか、スペイン風といえばいいのか、弥生にはよくわからなかったけれど、家というよりはむしろ、お屋敷という呼び名がふさわしいような、南ヨーロッパ風の建物。一階の窓にも二階の窓にも、すべての窓辺に飾られたフラワーボックスのなかで、赤、白、ピンクのゼラニウムが咲き乱れていた。子どものころ、外国の絵本のなかで見た「素敵なおうち」が弥生の目の前にあった。チャールズから見せてもらっていた写真よりも、はるかにすばらしかった。

とにかく、家のまわりには何もないのだ。お見事、と言いたくなるほど。空と芝生の緑以外は、何も。敷地があまりにも広くて。

「ここが？　あたしたちの？」

声には出さないで、チャールズの方を見て問いかけた。

「そうだよ。今日からここがきみの家さ」

チャールズはそう言いながら車を降りて助手席にまわると、ドアを開けて外に出た弥生の体をかるがると抱きあげ、そのまま玄関口まで運んでくれた。こんなシーン、確かに外国の映画のなかにあった。でもこれは映画じゃない。これは現実で、この映画の主人公は自分なのだ。

家のなかは、外よりももっとすばらしかった。

天井が吹き抜けになっているリビングルーム。廊下を歩いていくと、どこからともなく涼しい風が流れこんでくる。点々と配されたアンティーク調の家具。壁に飾られた油絵。何もかも、上品だった。キッチンとそのつづきにあるダイニングルームの窓からは、裏庭のながめを見下ろすことができた。ゆるやかな丘のふもとに、楕円形の湖が見えた。湖のほとりには白いベンチが置かれていた。湖面では水鳥たちが楽しそうに遊んでいた。

ダイニングルームから外に出ると、板張りの広いデッキがあって、そこでも食事をしたり、昼寝をしたりすることができた。裸足のまま庭に降りていって、小石の敷き詰められた小道をすこしだけ歩くと、プールにゆきあたった。プールの先には、木立に囲まれたテニスコートがあった。二階にあるベッドルームにはバルコニーがついていて、そこからは毎日、地平線から昇る朝日と、沈む夕日の、両方をながめることができた。

アメリカンドリーム。

はじめてその家で迎えた朝、弥生の思い浮かべた言葉はそれだった。醒《さ》めない夢を見ているようだと思った。チャールズがつくって、ベッドサイドまで運んできてくれた遅い朝食を、ベッドのなかで食べた。起きて、身につけたばかりのサマードレスをすぐにまた脱がされて、抱かれた。そのあとは、裸のままふたりでプールに飛びこんで、泳いだ。ひとしきり泳いだあとは昼寝。昼寝をむさぼったあとはデッキでバーベキューをして、それからまた長い時間をかけて、愛を交わした。

食事とセックスと昼寝とスイミング。最初の一週間はそれで過ぎていった。

外出する前に、弥生が鏡に向かっていると、夫はそばまでやってきて耳もとでささやいた。

「化粧なんかしなくても、じゅうぶんきれいだ」

シャワーのあと、弥生が下着を身につけようとしていると、夫はベッドのなかから命令した。

「きみはこの部屋のなかでは常に裸でいること」

そんなとき弥生は、自分が娼婦《しょうふ》になったような気がしていた。そしてそれは決して悪い気分ではなかった。白い家に住み始めて一ヶ月も経たないうちに、弥生は裸のままで庭に出て、芝生の上やプールサイドで、夫の腕に抱かれるのが好きになっていた。

「そんなこと、とてもできない」

と言いながらも、夫に求められるまま、いっぷう変わった行為にもおよんでみた。羞恥《しゅうち》をほんのすこしだけ、取り払ったところに広がる世界に、弥生は酔いしれた。


ある日、コーヒーカップが割れた。

食器を皿洗い機から出して、食器棚に移しかえているときだった。床にひざまずいて、壊れたカップのかけらを拾い集めていると、いつのまにかチャールズがすぐそばに立っていた。ショートパンツから伸びた二本の足、そこに生えた金色の産毛を見る

ともなく見ながら、

「ごめんね。手が滑ってしまって」

弥生は即座に謝って、それからチャールズを見あげた。そこには、優しい夫の笑顔があるはずだった。ところがチャールズは思いのほか、険しい表情をしていた。

「くそっ。困るじゃないか。あれだけ気をつけてくれって頼んでるのに。何てことだ。この家にあるものは何ひとつ、絶対に壊すなよって言っただろ。なんで壊したんだ！」

言葉は、表情の何倍も険しかった。とげとげしい言い方。それに刺されたような気がして、弥生は思わず涙ぐんでしまった。

「だから、ごめんねって、謝ってるじゃない」

「これ、いくらすると思ってるんだ」

とても値の張るものだということはわかっている。舌を嚙みそうなブランドの食器なのだ。イタリアだったか、フランスだったかにある会社に注文して、取り寄せなくてはならない。そのお金はチャールズと弥生が負担することになる。コーヒーカップはふたりのものではなかったから。

それが始まりだった。

絨毯《じゅうたん》に染みをつけた。ガラス窓にひびが入った。テーブルに傷をつけた。観葉植物を枯らした。銀のスプーンの数が足りない。そのたびにチャールズは弥生を怒鳴りつけた。

「いくらかかると思ってるんだ」

チャールズと弥生は毎月、別荘の持ち主から給料をもらっていた。部屋の掃除をし、プールの掃除をし、芝を刈り、庭を整備し、室内の植物を枯らさないようにし、だれかが別荘を使用することになったときには、すみやかに部屋の準備を整えて、敷地のかたすみにある薄暗いゲストハウスに身をひそめるか、あるいは、どこかに姿を消す。家のなかのものを壊したときには、その分が給料から差し引かれる。そういう契約を結んでいるのだ。


「アメリカでのお仕事は何なのですか？」

「ケアテイカーだよ」

「ケアテイカーって、何ですか？」

「金持ちの人の家に住んで、家を修理したり、整備したりしながら、暮らす人。ようするに管理人だね」

英会話学校の生徒と先生だったころの会話だ。日本にやってきてこうして英会話教師をしているのも、じつはその別荘に半年ほど、住みたいという人が現れたためなんだとチャールズは説明した。

「根なし草だよ。放浪者というべきかな」

チャールズの両親は離婚後、それぞれに再婚していて、チャールズの人生にはいっさい干渉してこないのだという。

「ふうん。でも何だか、自由でいいですね」

と、弥生は言った。そのときには確かにチャールズの生活が、家や家族や土地や会社に縛られていない自由な生き方のように思えていたのだ。アメリカ人＝自由な生き方ができる。日本人＝自由な生き方はできない。チャールズに恋をしていた弥生は、そんな単純な図式に、たちまちのうちにとらわれてしまった。

ものごとには、いろいろな側面がある。ちょっと見方を変えれば、自由な生き方は不自由な生き方に、不自由な生き方は自由な生き方に見えてくる。そのことを弥生は、アメリカに来て、この豪邸に住むようになってから、身をもって知った。

素敵な家で素敵なものに囲まれて、ふたりの暮らしは一見、とても素敵なもののように思える。でも、その「素敵なもの」とはしょせん他人のもの。何ものにも縛られていないようで、じつは「人様からの預かりもの」にがんじがらめになっている。

しかし、それはいい。それは最初から承知の上で結婚した。

コーヒーカップを割って以来、弥生の心に影を落とし始めたのは、チャールズが何かにつけて「金、金、金」と、お金を問題にする、ということだった。夫はすべてを金に換算して、ものごとを考えている。弥生にはそれが、歯がゆくも、情けなくも思えた。弥生が病気になったとき、夫は妻の体よりも医療費の方を心配していたような気がする。胃腸を壊してしまって、たまにはあっさりした日本食が食べたいと言ってみても、日本食レストランは法外に高いからだめだ、と取りあってもらえない。その一方で、自分の趣味であるハーレイダビッドソンには惜しみなく金を使う。

「いつか近い将来、われわれの本当の家を買いたいと思ってるんだ」

あるとき、些細なことから喧嘩が始まって、どうしてそんなにケチケチするのよ！と弥生がチャールズに食ってかかったとき、チャールズはまじめな表情でそう言った。

「ふたりの家を持ちたいからだよ」と。

　そのときはそれで、弥生も納得することができた。

　けれどもしばらくするうちに、こんな生活をつづけていては、いつまで経っても家など買えはしないだろうということが、わかってきた。毎月の給料はふたりの生活費に消えていったし、日本から持参してきていた弥生の貯金は減っていくばかりだった。

おまけに、気がついたら、「ふたりの仕事」であるはずの家の掃除や庭の整備、そのほとんどすべてを弥生がひとりでやっていた。チャールズは朝から晩まで車庫にいて、バイクをいじっている。大音響でロックを聴きながら、の日もあれば、マリファナを吸いながら、という日もある。マリファナを吸っているときにはたいてい上機嫌になっているから、口論にはならない。でも、まじめな話し合いもできない。

「あなたももうすこし働いてよ」

　弥生が愚痴をこぼすと、チャールズは計算器を取り出して数字を打ちこみ、弥生の鼻先につきつけてくる。

「俺のやっている仕事は頭脳労働で、きみのは肉体労働だ。ざっと金に換算すれば、このくらいの割合になるんだよ」

確かに弥生にはまだ、ひとりではできないことがいろいろある。たとえば水道管の取りかえが必要になったとき、クーラーを修理する必要が生じたとき、芝刈り機の調子がどうもよくない、というときなど、メーカーに問い合わせ、修理人や修理会社に電話をかけ、事情を説明し、アポイントメントを取り、金額の交渉をする、そういうことはどうしてもチャールズに頼まなくてはならない。でもそれは、おたがいに不得意な領域を補いあってやっている、と弥生は思いたかった。お金に換算できるものではない、と思いたいのだ。

チャールズに、たずねてみたことがあった。ある夜、ベッドのなかで。夫がいつになく、優しいムードになっていたときを見計らって。

「ねえ、チャック。あなたはどうしてそう、お金にばかりこだわるの？」

「わかってないねえ、きみは。金がない、ということはパワーがない、ということなんだ」

「そうかなあ。お金って、そんなにパワーがあるものなのかな」

「あたり前じゃないか。金がなきゃ、人の心だって動かせないんだよ。愛を手に入れるためにだって金が必要なんだ」

　それに対して弥生は、真剣に言い返したかった。それは違うんじゃないの、と。説得力のある言葉でちゃんと反論してみたかった。けれども、できなかった。頭のなかで懸命に組み立てた英文を口にしようとしたとき、弥生のくちびるをチャールズのくちびるが、きつくふさいでしまった。弥生の思いはいつも、届かない。いつもどこかで断ち切られる。情熱的な男の行為と、惜しみなく降り注がれる愛の言葉で。

　長い一日だった。

　ホテルの部屋の床の上に散らばっていた枕をかたづけて、弥生はバスルームに向かった。

　熱いシャワーを浴びながら、体をていねいに洗った。髪の毛も洗った。洗い流せるものならば、心についた染みや汚れをすべて、洗い流したいものだと思いながら、弥生は今日一日に起こったできごとを、順番に思い浮かべていた。それからあとの弥生の人生のなかで、幾度となく思い出されることになるだろう、そのできごとを。

　昼過ぎに起きて、三人でいっしょに遅い朝食をとって、そのあとホテルのプールでちょっと泳いで、午後はずっとギャンブルに興じていた。

日が沈んでもなお明るい夕暮れどきに、三人でホテルの外のレストランまで出かけて、ディナーを食べた。野球のグローブを連想させるようなステーキ、丸ごとゆでたじゃがいもにサワークリームをのせたもの、あとは、冷凍グリーンピースを解凍して炒めて添えただけ、というようなお粗末な料理。ボリュームだけは横綱級。ワインリストのなかから、もっとも値段の高い赤ワインを選んで注文した。

「ここ、俺に払わせてください。あの、なんでも頼んでください」

酒もデザートもコーヒーも、全部、研一郎のおごりになった。

それというのも研一郎は、スロットマシンとブラックジャックで儲けた金をすべて、倍率の高いルーレットにつぎこんで、大当たりを出したのだ。それは半端な金額ではなかった。

「ア・クオーターミリオン！　ア・クオーターミリオン！」

そんなアナウンスとともに、ホテルの従業員がベルをじゃらじゃら鳴らしながら、研一郎の台のまわりを歩きまわっていた。近くにいた人たちが口々に「コングラチュレーションズ」と言いながら、研一郎のそばに集まってきた。

「ジーザス！」

「オーマイゴッド！」

「アンビリーバブル！」

人々の歓声と叫び声と拍手が重なりあうなか、弥生もチャールズも呆気《あっけ》にとられていた。クオーターミリオンといえばおよそ二千五百万円、ではないか。研一郎もしばらくのあいだ呆然《ぼうぜん》としていたが、しだいに現実感が湧いてきたのか、うれし涙を流し始めた。三人で抱きあって、何度も喜びを分かちあった。すごいね、すごいね、と言いながら、弥生は研一郎の胸をたたいたし、チャールズも研一郎の肩を抱き寄せながら、繰り返し祝福の言葉を口にしていた。やったな、ケン！　おまえ、やったじゃないか。

レストランから、ぶらぶら歩いてホテルにもどる途中で、銀行に立ち寄って、研一郎は現金を下ろした。それはそのまま、チャールズの手に渡った。

「そうかい。じゃこれはこれで、遠慮なく受け取っておくぜ」

チャールズは、札束を無雑作にジーンズのポケットにねじこみながら、言った。

「研ちゃん、もうじゅうぶんだからね。あんまりあたしたちに、気はつかわないでね」

弥生はチャールズの言葉をさえぎるようにして、そう言った。

ホテルにもどってから一時間くらい、ダンスホールで催されていた、くだらないショーを見た。

チャールズはまだギャンブルに未練があったようだったけれど、弥生がそれを止めた。これ以上、お金を失いたくなかったし、明日は、研一郎をロスの空港まで送っていくために、ここを早朝に発つことになっている。昨日の夜はほとんど徹夜で遊んでいた。今夜は早めにベッドに入って、ぐっすり眠りたかった。

「研ちゃん、ほんとにおめでとう！　今夜はいい夢、見られそうだね」

「うん、ありがとう。寝られないかもしれない。ふたりのおかげだよ」

「ううん、こちらこそ、ありがとね」

レストランで研一郎は、ホテル代やガソリン代や飲食代は、今までのものを含めて全額、払わせてほしい、とみずから提案したのだった。それだけではない。弥生とチャールズが負けた金額の埋めあわせもさせてほしい、とまで言ってくれた。

路上で手渡された現金は、それらをはるかに上まわる額だった。弥生はそれだけでじゅうぶん過ぎると思った。でもチャールズは、それだけではどうしても、満足できなかったようだった。さし出された札束を受け取りながら、それでもまだ足りない、と、あからさまに不服そうな表情をしているチャールズのことが、弥生はただただ恥ずかしくてたまらなかった。つつしみ深さというものを知らないアメリカ人の夫を、弥生は横目でにらみつけていた。「ギフトがほしい」という言い方を、チャールズはしていた。「俺たちは、友だちじゃないか。友だちに贈りものをしてくれよ」と。

「なあ、ケン。日本人は、和というものを重んじる国民じゃなかったんだっけ。三人の人間がいて、ひとりだけが大儲けをしたら、やはりそいつは残りのふたりのことも真剣に考えるべきだろう。いいかい、このアメリカではね、フェアという概念を何よりも大切にしているんだ。つまり公平であれ、ということだね。三人の人間がいて、ひとりだけが飽食し、残りのふたりは空腹のまま。それはアンフェアというものだろう」

たたみかけるように発せられる言葉を聞きながら、弥生はじっとうつむいて、わけもなく自分の太ももを見つめつづけていた。研一郎の気持ちを思うと、いても立ってもいられなかった。どうしてこいつは、こんな風に物事をうまくすりかえてしまえるんだろう。何もかも、自分に都合のいいように解釈しようとするのだろう。何だか、ずるくないか？　そして、こんな男と結婚したあたしを、研ちゃんはどう思っているだろう。

あれだけでも、もうじゅうぶん傷ついたし、恥をかかされた、と、路上でのやりとりを胸のなかで巻きもどして再現しながら、弥生は思った。

それなのに。

性懲りもなく、今度は研一郎の部屋にまで押しかけていって、金の無心をするとは。恥知らず。恥知らず、という言葉は、英語では何というのだろうと思いながら、弥生はバスルームから出た。

髪の毛をドライヤーで乾かしたあと、旅行鞄《かばん》のなかから下着を取り出した。ちょっとくたびれた感じのパンティに足をつっこみ、ブラジャーを乳房にあてがいながら、弥生はふっと思った。結婚してからというもの、下着を買うときでさえ、いちいちチャールズの顔色をうかがってきた。気に入ったものがあってもあきらめて、いつも一ランク安い値段のものにしてきた。新しい洋服だって、靴だって、新しい口紅だって、買っていない。

「もう、こんな生活はいやや」

もうやめたい、と、弥生は最後の枯れ葉が落ちるように、そう思った。洋服や化粧品が自由に買えない生活がいや、というわけではなかった。素顔がきれいだとほめられ、家のなかでは裸でいてくれと言われて、至福感にひたっていた自分を、弥生は忘れてはいなかった。でも、やめる。こんな生活。

黒いパンティストッキングをはいて、黒い革のミニスカートを身につけて、タンクトップの上からジャケットを羽織った。すっかり身支度を整えてから、弥生はキングサイズのベッドに視線を落とした。シーツとシーツのあいだに、夫と交わした最後の英会話が、まだくっきりと残っていた。

研一郎と別れて、部屋にもどるとすぐに、チャールズはダイニングテーブルの上に紙を広げて、何やら熱心に計算をし始めた。弥生は横からのぞきこんで、その紙を取りあげると、くしゃくしゃくしゃに丸めて、ごみ箱に投げ捨ててやった。

「もう。何やってんの。いいかげんにしなよ。これ、何の計算？　あれは研ちゃんが運と実力で儲けたお金。あたしたちとは無関係だよ。それにお金ならさっきもう、もらったじゃないの」

「何言ってんだ。あいつの儲けた金にくらべたら、あんなはした金、タダに等しいぜ。そう思わないか。あいつの口座にはそのうち、クオーターミリオンの金が振りこまれるんだ」

「あたしはそうは思わない。研ちゃんからはあと一セントだって、もらおうとは思わない」

弥生はきっぱりとそう言って、一応その場はそれでおさまった。いや、おさまっていたのは弥生の方だけで、チャールズはといえばおさまるどころではなかった。その証拠にチャールズは、ベッドに寝転がるなり「おいで」と弥生の体を強く抱き寄せて、キスを始めるのと同時に、その会話のつづきを始めたのだった。

「ねえベイビー。僕の可愛い奥さん。あとすこし、何とかできないかな。きみの力で」

「何とかって、何をよ？　どういうこと？」

「だってこれじゃあ、あんまりじゃないか。あんまり、つりあわないぜ。きみから何とか頼んでみてくれよ。なあ」

「頼むって、何を？」

「あと五万ドルでもいいし、一万ドルでもいい。いや、本来ならあいつが儲けた金を三で割って、ひとり八万ドルずつ分配したって、いいんじゃないかと俺は思うんだ。奴をここまで連れてきてやったのはこの俺だ。そもそも俺がリノ行きを言い出さなかったら、あいつのグッドラックはなかった。俺はここまでほとんどひとりで車を運転してきたし、だいたいあいつは、弥生がいなかったら、ここへは来なかった。そうだろ？　つまり俺たちはあいつのために、それなりに貢献したんだ。俺たちの存在に、あいつはもっと感謝しなくちゃならない。あいつは俺たちに対して、しかるべき謝礼をするべきだ。すくなくとも経費は払う義務がある」

「信じられない。経費だなんて。研ちゃんはあたしの友だちなんだ。友だちには経費なんか請求しない。それに謝礼なら、さっきもらったじゃないの。あれは全部研ちゃんが儲けたお金で、研ちゃんのお金なんだよ。あたしたちとは関係ないじゃないの」

「そんなことはない。三分の二はわれわれの金だ」

「本気で言ってるの？」

「ああ本気だ。ねえヤヨイ。ベイビー、よく聞けよ。よく考えろよ。きみはあいつの、もと恋人だったんだろう。こういうこと、しただろう。こういうことも、したんだろう。何度もしただろう。いい気持ちにもなったんだろうよ。今からあいつの部屋に行って、もう一度やってこいよ。奴《やつ》を誘惑してこい。俺たちの金を取り返してこい」

チャールズの顔を乳房から引きはがしたのは、このときだった。

汚れた会話だった、と弥生はシーツを睨《ね》めつけながら、思っている。汚される、ということは、ああいうことなのかもしれない。

「やめてよ！」

夫の顔を引きはがして、弥生は言った。さっきまで執拗に繰り返されていた愛撫《あいぶ》のせいで、体は火照《ほて》っていた。けれど、心は冷えていた。

「できないよ、そんなこと」

チャールズは弥生の体を組み敷いたまま、笑顔で見下ろしている。へらへら笑っている。

「なぜだ。かんたんなことじゃないか。昔やってた通りのことをやればいいだけだ」

「本気で、言ってるの？」

弥生はブルーの瞳をのぞきこんだ。

嘘だと言って！　冗談だと言って！　お願い。

「本気だ。俺はそういうところは寛容なんだ。おまえを愛しているから、平気なんだ。どうせ昔はあいつとやってやって、やりまくったんだろう。減るものでもないし。ちゃんとぶあついコンドームはめて、一発やらせて、一万ドル。待てよ。あいつなら十万ドルだって出すかもしれない。すごいじゃないか。その金で俺たちの家を買おうぜ。なあ、ベイビー、頭金くらい、自分の体で稼いでこいよ」

ここで、弥生の怒りが爆発した。たとえジョークでも、たとえ夫でも、これは許せないと思った。愛の行為の最中にささやかれる汚い言葉は、ほかのどの場面でささやかれるときよりも、汚い。あたしは、汚されつづけてきたのだ。今も、これまでも、この男に。

ヒールがめりこみそうなほど深く、通路に敷き詰められた赤い絨毯の上を、背筋を伸ばして、弥生は歩いていく。

ワゴン車を押してくる清掃係の人とすれ違った。ルームサービスの青年ともすれ違った。エレベーターのなかでは数人の客と乗りあわせた。

みんな、弥生の方をちらりと見る。それから全身をうかがう。黒のミニスカートからのぞいた太もも。まっかな口紅。濃く引いたアイライン。強い香水を振りかけている弥生のことを、東洋人の売春婦だとでも思っているのか。それとも、ぶつぶつ何かをつぶやいている弥生のことを、気の狂った女だとでも思っているのか。何とでも思え。弥生は人々の視線を感じるたびに、そう毒づいていた。なんやねん、そこのアメリカ人のおっさんとおばはん。うちは大阪からやってきた女や。なんか文句あるか！

チャールズに対して、あんなに激しく感じていた怒りは、嘘のようにおさまっていた。怒りのかわりに、弥生の胸に芽生えていたのは、哀れみだった。ああチャールズ。かわいそうなチャールズ。哀れみのなかには一抹の優しさと、愛すら宿っている。しかし、それはもうパートナーとして、夫として、男としてのチャールズへの、愛ではない。

「なあ、チャック。この世には、お金では決して買えないものがあるんや。うちがあんたにそれを教えてあげる。わからせてあげる」

たったひとことで、それをわからせる方法がある、と、弥生は思った。

「さようなら」と言えばいいのだ。どんなにお金を積んでも、愛は買えない。すくなくともあたしの愛は。

そう思うのと同時に、弥生は、あの男を許そうと思った。怒ったり、なじったり、責めたり、許せないと騒いでいるあいだは、まだまだ執着心があったのだ。今、そんな執着があとかたもなく消えて、なくなっていることを、弥生は感じていた。毒ガスが抜けた。魔法がとけた。だから体が妙に軽い。残っているのは、別れの決意だけ。

そして、本当の自分。

チャールズとつきあい始めたころ、アメリカで暮らし始めたころ、何だかそれだけで日本社会から解放された、と思っていたことがあった。鳥かごのなかから逃れて、自由に羽ばたけたんだ、と。けれども、今の弥生は気づいている。「あたしを縛っていたのは日本社会ではなかった」と。自分で自分を縛っていた。解放されるためには、チャールズの腕でもなく、だれの腕でもない。自分の腕が必要だったのだ。

確かに、愛していた。その愛がたとえ幻想であったにせよ、あたしは男を愛したし、暮らしを楽しんだし、男の肉体をむさぼった。味わった。ふたりで夢を語りあった。それらはすべて過去形だ。終わった。そしてその過去を、あたしは全面的に肯定する。自分の手で、鎖を解いて、自由になる。

さようなら、チャールズ。

さようなら、アメリカンドリーム。さようなら、人工の丘。人造の湖。だれかの白い家。他人の所有物。せっせと植えこんだ花の苗。磨きあげた床。さようなら、甘く、美しい、あたしのアメリカンイリュージョン。

この廊下の角を曲がれば、そのつきあたりに、研一郎の部屋がある。

弥生はもう一度、別れの言葉を英語で練習してみた。

アイ・ラブ・ユーの意味

Translating "I Love You"

明美とレイモンドは、結婚したとき、指輪の交換はしなかった。結婚式もしていない。披露宴もしていない。新婚旅行もなし。婚姻届は八年ほど前、日本からアメリカに移住することになったとき、あわてて提出した。明美のグリーンカード（永住権）を取るために、そうする必要があったからだ。それがなければふたりはきっと、日本の区役所に結婚を届け出るということさえしなかっただろう。

いっしょに暮らし始めた日を結婚した日とするなら、ふたりは結婚して、今年で十五年になる。

ユダヤ系とアイルランド系、ほかにも二、三の人種が混じっているアメリカ人、レイモンド――彼によれば、このようなミックスこそが、生粋《きっすい》のアメリカ人ということになるらしいのだが――と知りあったのは、明美が二十二歳のときだった。

大学の英文科を卒業して就職したコンピュータ関連の外資系企業。レイモンドは、明美と同じ広報課で働いている先輩社員だった。先輩といっても、年齢はふたつしか違わなかったけれど。

「ドラマチックなことなど、何もなかった。ごく普通に恋愛して、ごく普通にいっしょに暮らし始めた。そのへんに転がっている日本人同士のカップルといっしょ」

レイモンドとの馴《な》れ初《そ》めを人からたずねられたとき、明美はいつもそんな風に答えたものだった。そのあとに「たまたま好きになった人が、アメリカ人だったというだけ」という常套句をつけ加えることもあった。心のなかで苦笑いをしながら、だけど、本当にその通りなんだもの、ほかに答えようがないじゃない、と思っていた。

実際のところ、レイモンドはほとんど日本人同様に日本語を話すことができたし、書くことも読むこともできた。明美との会話も、だから最初から日本語だったたし、恋人同士になってからも、明美が「英語を教えてほしい」と頼まないかぎりは、彼が明美に向かって、英語で話しかけるということはなかった。ふたりが英語で会話をするのは、そこに日本語のできない人——たとえばレイモンドの友人とか、親とか——が混じっている場合だけだった。

友だちから、よく同じことを訊かれた。

「喧嘩をするときは？」

「セックスするときは？」

答えはどちらも同じ。「日本語」だった。

恋人同士になって半年後には、いっしょに暮らし始めていた。毎朝、同じ電車に揺られて会社に出勤した。ランチもいっしょ、帰りの電車もいっしょ、ということもあった。

「外資系の会社だからできることよね。日本の会社ではとてもそんなことは」

社内恋愛をして、その相手と結婚するために、会社を辞めざるを得なくなっていた友人はそう言って、明美たちのことをうらやましがったものだった。

確かに明美の働いていた会社には、明美とレイモンドのようなカップルはほかにもいたし、アメリカ人社員たちはひとりの例外もなく机の上に家族の写真を飾っていた。そして、会議の席でも家族の自慢話を平気でした。若い男性社員が「子どもを保育園に迎えにいくため」と言って、ミーティングを途中で抜けても、許されるような会社だった。レイモンドに言わせると、「アメリカではそんなに珍しいことじゃないよ。家族よりも会社を優先するアメリカ人はいない」ということだったけれど。

今、ふたりが住んでいるのは、ニューヨーク州北西部にある小さな大学町。

ナイアガラの滝までは車で数時間。五大湖のひとつ、オンタリオ湖へも日帰りで行くことができる。

町を一歩出れば、あたりには農場、牧場、りんご畑にぶどう畑にとうもろこし畑、そして、見渡すかぎりの草原、草原、草原……。人よりも、牛や馬や鶏の数の方が多いのかもしれない、そういう土地で明美は、二十代の終わりごろから始めた翻訳の仕事を細々とつづけている。

レイモンドは町はずれの丘の斜面に建っている私立大学で、日本語の講師として働いている。日本で会社勤めをしていたころにくらべると、給料はおよそ半分ほどに減った。けれどもその分、レイモンドの笑顔が倍になった。

「会社を辞めて、別の仕事をしたいと思っている。できればアメリカに住みたい」

レイモンドが切り出したのは、いっしょに暮らし始めて三年が過ぎたころ。明美は二十六歳、レイモンドは二十八歳になっていた。

それほど驚きはしなかった。レイモンドとつきあい始めたころから、いつかはこんな日——「アメリカへ行くかどうか」についてふたりが話し合う日——が来るだろう、と予感していた。この会社に一生勤める気はない、会社勤めは性《しょう》にあわない、と、知りあったばかりのころから、聞かされつづけてきたからだった。

「明美も僕といっしょにアメリカに行く？」

事実上、それが結婚のプロポーズの言葉となった。

「もちろん、行く」

と明美は答えた。いずれ会社を辞めて、かねてから興味があった翻訳の仕事をやりたい、そして将来は翻訳家になりたいと、ずっと思ってきた。プロポーズは、折りしも会社の帰りに翻訳学校に通い始めていた矢先のできごとだった。

「アメリカが嫌になったら、また日本にもどればいいさ」

渡米前、レイモンドはそう言っていた。明美もそう考えていた。

今でも、レイモンドはときどき思い出したように――大学で嫌なことがあったりしたときにはよく――同じことを言うけれど、明美の方はなかなか、アメリカが嫌にならない。このごろではむしろ、もう日本にはもどらなくていい、とさえ思っている。

アメリカで暮らしているかぎり、明美はいつだってマイノリティだ。あからさまなアジア人侮蔑《ぶべつ》の視線を浴びることだってある。でも、マイノリティにはマイノリティの気楽さもある、と明美は思う。

澄みきった青空の孤独。

と、明美は勝手に名づけているのだけれど、ようするに、まわりから孤立して、だれからも干渉されないし、だれの手も届かない、そんな超然とした場所に、ひとりぼっちでいられることが、明美はことのほか気に入っている。

日本に住んでいる親友から電話がかかってきたとき、明美はキッチンにいた。翻訳の仕事にひと区切りつけて、好きな紅茶を淹れ、シナモンロールをかじりながら、朝食用の小さな丸いテーブルの上で、読みかけの本を開いたところだった。

『ささやかだけれど、役にたつこと』

明美にとっては宝物のような本だ。もう何度、読み返したことだろう。ストーリーはすべて頭に入っている。でも読むたびにその文章――翻訳文ということだけれど――に心をなぐさめられている。高校生のころから持っていて、たびかさなる引っ越しとアメリカへの移住のさいにも、どこにも紛れることなく、ちゃんと今も明美の手もとにある。

「アケちゃん、元気にしてた？」

彼女は大学時代からの親友だ。東京で、雑誌のフリーライターをしている。商社マンと結婚したけれど二年もしないうちに離婚した。その後、出版社でのアルバイトを経て、フリーライターとして独立した。半年に一度くらいの割合で、急に思い出したように、彼女はアメリカまで電話をかけてくる。それはたいてい、明美に何か頼みごとがあるとき。あるいは不倫の恋人と揉《も》めごとがあったとき。

「うん、元気よ」

「今、何してた?」

「仕事」

ニューヨーク州と、日本との時差は十四時間。テーブルの上の腕時計は午後一時をさしていたから、友だちは夜中の三時過ぎに電話をかけていることになる。

「あ、仕事中だったか? ごめん、邪魔した?」

「そんなことないよ。じつは休憩してたところ」

そう答えながら、明美はふと窓の外に目をやった。真昼の青空に向かって、せいいっぱい枝を伸ばしているシルバーメイプルの老木。枝のなかで、ブルージェイという名の小鳥が二羽、かくれんぼをして遊んでいる。ほんとは、かくれんぼなんかじゃないのかもしれない。でも明美には、そういう風に見えている。

ここよ、ここよ、ここにいるよ。

どこ、どこ、どこにいるの？

ガラス窓越しに聞こえてくる小鳥たちの声は、そんな風。

幸福の青い鳥。

と、明美はひそかに名づけているのだけれど、この鳥が庭にやってくるようになれば、夏も近い。

「こっちは今、仕事からもどってきたところ。あー疲れた疲れた」

明るい口調。電話のうしろにはジャズが流れている。今夜の仕事は、風俗店で働いている女性たちの取材だったのだとか。電話の用件は、この夏休みにニューヨークに遊びにいくつもりなのだけれど、ついでに足をのばして、明美のところに立ち寄ってもいいか、ということだった。

「もちろん大歓迎よ。で、いつ来るの？　ひとり？　彼といっしょ？」

彼女に会うのは二年ぶりになるか。明美の心は弾んでいた。けれども次の瞬間、

「ところでアケちゃんとレイモンド、うまくいってるんだよね？」

という快活な友人の言葉に、ちくっと胸を刺される。彼女は明美にとって、母親よりも自分を深く理解し、離れていてもすぐ近くにいると感じられるような人だ。十代

のころから、小さな悩みから大きな悩みまで打ち明けあってきた。だから明美には、彼女が何を心配しているのかが、よくわかっている。わかっているだけに、どういう風に答えたらいいか、躊躇《ちゅうちょ》してしまう。

「あ、別にわたし、心配してるわけじゃないよ」

明美がすぐに答えを返さなかったせいか、彼女はあわててそうつけ加えた。

「うん、わかってる。うまくいってるよ。ご心配なく」

明美もあわてて言葉を返した。

「心配してもらうようなこと、最近は何もないから。ほんとよ」

なるべくさりげない感じで、明美は答えておく。レイモンドとはうまくいっている。とってもうまく。何の問題もなく。でもね。そのあとの言葉は友人ではなくて、自分の胸の奥の方に向かっていって、そのまま吸いこまれる。

電話を切ってから、明美は本棚をチェックして、アメリカのガイドブックをさがした。友人がマンハッタンからこの町まで来るための、バスの情報を調べようと思ったのだ。

本棚のかたすみに、日本から持ってきていたガイドブックを見つけた。バスに関する情報もすぐに見つかった。

けれども、見つからないものがひとつ、あった。

いったいどこに行ってしまったのか。本棚の上から下まで、すみからすみまで調べてみたけれど、どうしても見つからなかった。いつ、なくなったのかも、わからなかった。ずっとそこに、本棚の一番下のすみっこに、置いておいたはずだったのに。いつのまにか、消えてなくなっていた。グレイのビロードの布でくるまれた小箱ごと。

箱のなかに入っていたのは、レイモンドの母親からもらった結婚指輪だった。


あれは、明美とレイモンドが友人たちに見送られて成田を発ち、ジョン・F・ケネディ国際空港から飛行機を乗り継いで、大学町に到着した日のこと。

わずか二十人ばかりの乗客を乗せた小型プロペラ機が、田畑と草原に囲まれた、ひなびた空港に着陸したのは夕暮れどきだった。同じ日の昼過ぎに、シカゴから飛行機を乗り継いで、この町に降り立っていた人がいた。

スザンナ。それがレイモンドの母親の名前だ。

「あなたたちの新しい生活を助けるために、やってきたのよ！」

そのうちたずねていくわね、と、渡米直前に電話で話したときに言ってはいたけれど、まさか到着の当日に来ているとは、予想もしなかったことだった。空港の待合室に彼女の姿を見つけたときには、明美もレイモンドも「あっ！」と声をあげて驚いた。

両手を広げ、感無量といった表情で、息子夫婦を出迎えるスザンナ。

その抱擁の腕からたくみに逃れつつ、レイモンドは言った。

「近くにあるモーテルか、B&Bを取るよ」

そっけなく言い放って、インフォメーションカウンターに向かって歩き出そうとしているレイモンドの肩をつかんで、引きとめたのは明美だった。

「ちょっと待って。何言ってるのよ、レイ。冗談でしょ。モーテルかB&Bだなんて。わたしたちのアパートに泊まっていただきましょう」

「だって、狭いじゃないか。あんなところに三人もの人間がいたら、息苦しくてしょうがないよ。僕はごめんだな。バスルームもひとつしかないんだし」

レイモンドはそんな風に言い張ったけれど、明美はゆずることができなかった。狭いといってもアパートには、ベッドルームがふたつもあったし、リビングルームもダイニングルームもキッチンも、その広さは東京で暮らしていたアパートの比ではない。

ふたつの寝室のほかに、小さな書斎までついているというのに。

「あなたのお母さんをモーテルに泊めるなんて、できるわけないじゃない」

ふたりのためを思って、わざわざここまでやってきている人を。

「え、どうして？」

「どうしてって、あなたのお母さんじゃない？」

すこし離れたところに立っているスザンナは、どことなく不安そうな顔をして、こちらをうかがっているように見える。明美は一刻も早くこの話し合いをすませたい。

「モーテルの方が、彼女もくつろげると思うよ。おたがいのプライバシーも確保できるわけだし。僕はあくまでもきみの意見に反対だけれど、きみがどうしてもと言うなら」

「どうしてもよ」

レイモンドはしぶしぶ承知した。

「仕方がないねえ。僕は嫌だけどなあ。じゃ、きみからそういう風に言えば」

明美がスザンナに「どうかアパートに泊まってください」と言うと、小さな体をぶつけるようにして、彼女は明美の体に大げさに抱きついてきた。柑橘《かんきつ》系の強い香水の香り。細い両腕を明美の首に巻きつけて、彼女は喜びをあらわにした。

「アケミありがとう。うれしいわ。とっても幸せだわ」

息子の嫁を見つめるブルーグレイの瞳が、嬉し涙でうるんでいた。


つぎの日、レイモンドがバスで大学に出かけたあと、明美とスザンナはふたりで、あちこちに買い物に出かけた。

家具つきのアパートだったから、家具や電気製品はほとんど買う必要がなかった。まっさきに買うべきものは車だった。車を買うためには郊外まで、車を見にいかなくてはならない。そのための車が、まず必要だった。ふたりはレンタカーを借りた。レンタカーオフィスまでは、電話で呼んだタクシーで行った。

レンタカーで車のディーラーを見てまわりながら、スーパーマーケットやショッピングモールにも立ち寄って、生活に必要なものをそろえていった。シーツやタオルやキッチン用品やそのほかこまごましたもの。銀行に出向いて口座を開いたり、郵便局に行って、日本から届いた荷物を受け取ったり。

スザンナは、行くさきざきで出会う人たちに、

「わたしの娘なのよ。名前はアケミっていうの。よろしくね」

と、明美のことを紹介してくれた。どうやら明美は、彼女の自慢の娘のようだった。息子の嫁、という風には、なぜか言われなかった。そして、そのときの明美には、それが何だかとても好ましい、と感じられてならなかった。つまり彼女にとってわたしとは、息子の嫁である前に、ひとりの女性なんだな、と。そういうとらえ方は、日本人の姑《しゅうとめ》にはなかなかできないもので、でも彼女はアメリカ人だから、それが自然にできるんだ、なんて風通しのよい考え方なのだろう、アメリカでは黄色人種のわたしが、白人女性の娘にもなれるんだ、と。

明美はすべてを「アメリカ人のオープンマインド」と解釈していた。

もちろん、いくらスザンナがそういう風に紹介しても、なかには、東洋人女性である明美に向けて、あからさまに冷たい視線をよこす人もいたのだけれど。スザンナはそんなことにはおかまいなしで「かわいい娘でしょ」と屈託がないのだった。

契約とか交渉とか申し込みとか、やっかいなことはすべて、スザンナがやってくれた。複雑な問い合わせの電話もかけてくれたし、アメリカに住む人がかならず持たなくてはならないソーシャル・セキュリティ番号を取りにいくときにもついてきてくれて、明美の書いた書類に間違いがないかどうか、確かめてくれた。

レイモンドは新しい職場で、新しい仕事に慣れるのにせいいっぱいの日々を送っていたから、スザンナがいてくれなかったら、まだ英会話のおぼつかなかった明美は、おそらく、途方に暮れていたことだろう。

そんな風にアメリカでの生活が始まって、二週間かそこらが過ぎたころだったか。いつものように三人でテーブルを囲んで、コーヒーとマフィンの朝食を食べたあと、レイモンドは大学に出かけてしまい、明美とスザンナはアパートに残された。

「さあ、アケミ。今日はどこに行きましょう」

青空にはためく国旗のようなスザンナの元気に対して、明美にはとっさに、返す言葉が浮かばなかった。

「あなたのしたいことは何？　それをしましょう、わたしといっしょに。ショッピング？」

もうこれ以上、まとまった買い物をする必要はない。アパートのなかには何もかもそろっている。行くべきところへはすべて行ったし、見るべきものは全部見てしまった。映画館。植物園。美術館。公園。ワイナリーめぐり。大学のキャンパスなんて、いったい何度、散歩したことか。

明美が翻訳の仕事をやっているときには、スザンナは口笛を吹きながらアパートの掃除をしたり、鉢植えの植物を買ってきてベランダに置いたり、窓をみがいたり。明美の仕事が終わると、「さあどこへ行きましょう？　どこに行きたい？」。

行きたいところは、ない。ふたりでできることは、やり尽くしてしまった。

それに。

それに三、四日前から明美は、自分がひどく疲れていることに気づいていた。わけもなく、気が滅入っていた。わけもなく？　いいえ、わけはあった。

わけは、スザンナの潑剌《はつらつ》とした笑顔。元気のよさ。彼女がそれを振りまくたびに、明美はへなへなと萎《な》えていく。そうこうするうちに、それまではちっとも気にならなかった些細なことが気になり始めて、明美の気分をさらにじわじわと憂鬱にさせていく。

たとえば彼女の歩き方。とにかく彼女はものすごく威勢よく、早足で歩く。それは彼女の歩き方の特徴というか、習慣みたいなものだから、仕方がない。明美はといえば、ほんのすこしだけど、左足を引きずって、かばうように歩く癖がある。十代のころ、車に撥《は》ねられたときの怪我《けが》が原因でそうなってしまった。でもそれは、他人の目には映らないいくらいのかすかな癖で、明美自身だって、ふだんは忘れているくらいだ。けれども、いっしょに歩く人が早足だと、どうしてもそれを意識させられてしまう。歩調を相手にうまくあわせられなくなって、いらいらしてくる。スザンナはそれを知っていて、わざと速く、速く、歩いているような、そんな気がしてならない。

「考え過ぎだよ」

とレイモンドは言う。

「もっとゆっくり歩いてくれ、そういう歩き方はやめてくれ、と、はっきり言えばいいじゃないか」

それがはっきり言えたなら、わたしも悩んだりはしないのだけれど……。と、明美はレイモンドからふと視線をはずして、うつむいてしまう。

ほかにも、まだある。嫌なことは、ほかにも。

たとえばスザンナが、明美の英語の発音を、すぐに直そうとすること。親切に、英語を教えてくれるのはありがたい。でも、いつもいつもそばに英語の先生がいると思うと、かえって萎縮《いしゅく》して、うまくしゃべれなくなってしまう。レストランでサラダを注文しようとしている最中に「ほら、アケミ、発音が違うじゃない。サラダじゃなくて、サーラッよ。はい、もう一度、言ってごらん、サーラッ」などとやられてしまうと、明美は、もううんざり、サラダなんか食べたくない、と思ってしまう。

「アメリカ人の大きな親切は、大きなお世話だと言ってやれよ」

レイモンドはそう言って笑う。でも明美は彼といっしょになって、笑えない。


毎晩のように明美は、ベッドのなかで眼鏡をかけて本を読んでいるレイモンドのとなりにもぐりこむたびに、たずねた。

「ねえ、あなたのお母さま、いつシカゴにもどるのかな？」

「さあ」

「さあって？　彼女の予定、知らないの」

「知らない。本人にたずねてみたらどうだ？」

「そんなこと！　わたしから訊けるわけないじゃない？」

「どうして？」

「どうしてって……」

明美が答えに詰まると、レイモンドは読みかけの本のなかにさっさともどってしまう。彼にとって、沈黙は沈黙でしかない。無言のなかには「何もない」と思っているのだ。

レイモンドは頼りにできない。明美は勇気を振りしぼって、彼女に直接たずねてみることにした。おずおずと。こういう言い方をするのがせいいっぱいだったけれど。

「スザンナ。いつまで、ここにいられるの？」

すると彼女は明美の肩に腕をまわして、優しく抱き寄せるような仕草をしながら、答えるのだった。

「まあ！　アケミ。いつまでいられるか、ですって？　いつまでだってだいじょうぶよ。あなたがわたしを必要としているかぎり、わたしはここにいてあげる。このままずうっといたっていいのよ」

スザンナは、長年勤めた図書館を定年退職して、年金と親の残した財産で悠々自適の生活を送っていた。レイモンドが十八歳のときに離婚して、そのあとすぐに再婚したのだけれど、その連れ合いにも死なれて、今は、ひとり息子であるレイモンドだけが彼女の家族ということになる。もしかしたら、レイモンドの存在そのものが、彼女の唯一の生きがいなのかもしれない。

いつまでもいてあげる、と、スザンナに言われた夜。明美とレイモンドはベッドのなかで、声をひそめて口論をした。どっちがスザンナに「シカゴに帰ってほしい」と言うかで、喧嘩になった。

どうしてもあなたに、それをはっきり言ってもらわなくては困る、と明美は主張した。レイモンドはレイモンドで、きみの方こそはっきり言うべきだ、とゆずらない。

「僕はもう何度も彼女に、帰ってくれ、と頼んだんだ。でも彼女は、アケミがいてくれと言うからいるまでのことだと言い返してくるんだよ」

「そんな馬鹿な！」

「だいたいきみが、曖昧なことばかり言って、態度をはっきりさせないから、こういう状態になってるんじゃないか」

「じゃあ、お母さんが帰らないのは、わたしのせいだとでも？」

「そういうことだ」

あとは売り言葉に買い言葉。犬も喰わない夫婦喧嘩。

ひとしきりそれをやってから、レイモンドが気を取り直して、ふたたび冷静な口調にもどる。すでにさっぱりした表情になっている。どうしてこんなに気持ちの切りかえが上手にできるのか、明美にはうらやましくてならない。どんなに激しい口論をしても、決してネガティブ感情をあとに引きずらないでいられるレイモンド。明美にはとてもできない。明美はいつまでもぐずぐずと根に持っている。ドライにもクールにもなれない。そんなとき明美は、アメリカ人の感情処理の仕方って、いったいどうなっているんだろう、と思う。いいなあ、単純で、と思うこともあれば、そんなに簡単に自分の気持ちに決着をつけてしまって、ほんとにそれでいいのかな、と疑ってしまうときもある。

「きみが心のなかで思っていることを、そのまま、彼女に伝えたらいいんだよ」

「そのまま言ったら、彼女を傷つけてしまう」

「そうかな？　僕はそうは思わないけどなあ」

「あなたは、彼女がいつまでもいつまでも、永久に、ここにいても、平気なのね」

「平気なわけないじゃないか。だから僕は最初から、モーテルを取ろうと提案したんじゃないか。それをきみが」

「だって、こんなに長くなるとは思わなかったから。でも、わたしには、帰ってください、なんて、口が裂けても言えない。絶対に言えない。死んでも言えない。あなたから言って。お願いだから」

明美は必死だった。必死で訴えた。

ねえ、このままずっと、彼女がここにいたらどうなるの。居座られてしまったら、どうするの。わたしはあなたと結婚したけれど、あなたのお母さまと結婚したのではないのよ。わたしはそろそろ、ふたりの生活にもどりたい。あなたと、ふたりで、暮らしたい。ふたりで朝食を食べ、ふたりで散歩をして、休日はふたりで映画に出かけて、ふたりで食事をしたい。あなたが仕事に出かけているとき、わたしもここでひとり、静かに仕事をしたい。ひとりの時間が、わたしには必要なの。と、明美は自分の気持ちをすべて「わたしは……したい」という単純な英文に置きかえながら、説明してみた。

レイモンドは日本語が堪能だから、日本語で話したって、かまわない。明美の英語力よりも彼の日本語力の方が何倍もすぐれている。けれども自分の意見をしっかりと主張したいとき、このごろの明美はあえて、英語で話すようにしている。そうすれば、明美の英語力が足りなくて、単語の数も乏しく、言葉を上手に飾ったり、深い意味を持つ言葉を知らなかったりするせいか、かえって、気持ちがストレートに伝わる。そういうケースがままある。これは、異なった母国語を持つ人との結婚生活を通して、明美が身につけた、処世術のようなものかもしれなかった。

あきらめたのか、納得したのか、やれやれ仕方ないな、といった表情で、レイモンドは言った。

「わかった。じゃ、明日にでも僕からもう一度、話してみることにするよ」

そのあとに、「今の発言を全部、きみがダイレクトに彼女に向かって言えば片づくことなんだけどな」というおまけがついていたけれど。

翌朝、キッチンに立って朝食のあとかたづけをしていると、ダイニングルームから、息子と母親の言い争う声が聞こえてきた。

最初はふたりともささやき声。

スザンナの声がしだいに大きくなってきて、途中からは金切り声。

「じゃあ、何、あなたはわたしに、あなたの母親に、この年老いた母親に向かって、帰れ！　と命令しているわけなのね！　そうなのね」

「あなたの母親」という部分はほかよりも強く、発音されていた。レイモンドは終始低い声で、ぶつぶつつぶやいている。その内容までは明美には聞き取れない。息子の言葉におおいかぶせるようにして「ビコーズ・アイム・ユアマザー……ユアマザー……ユアマザー……」と激しい応酬。

最後は涙声になっていた。

背中でそれを聞きながら、明美は自分の胸が細かくふるえているのを自覚していた。それから、そのことに気づいて明美は愕然《がくぜん》としてしまったのだけれど、明美の胸は、怒りのために、ふるえていたのだった。

どうして、わたしは怒っている？　いったい何に対して？

そのときの明美には、まだ、答えは見つからなかった。

スザンナはそれから五日後に去っていった。飛行機のチケットが五日後のものしか取れなかった、と言っていたけれど、本当にそうだったのかどうかはわからない。

空港までスザンナを送っていったのは、明美だった。

レイモンドは、その五日間の母親のわがままや言いたい放題に対して、かなり業を煮やしていて、「バスかタクシーで行かせろ。きみがわざわざ送っていくことはない」

と主張した。「親だからといって、甘やかす必要はない。できないことはできない、でいいんだ。それが相手に対する真の意味での誠実さということなんだ」。そういう風に言い切れるレイモンドに向かって、明美は心のなかで「あなたはアメリカ人だから、それでいい。でも日本人のわたしにはできない」とひそかに反論していた。

「さびしいわ。すぐにまた、ここにもどってくるわね。アケミ、あなたを愛してる。深く深く」

　空港のロビーでの別れぎわ、明美をきつく抱きしめて、スザンナはそう言った。

「アイラブユー・ソーマッチ」はスザンナの口癖のようなものだった。


　明美がスザンナからダイヤモンドの指輪をもらったのは、彼女と過ごしたこの三週間のうちの、いつか、だった。いつだったのかは、はっきり覚えていない。

「これ、あなたに渡そうと思って持ってきたの。わたしがレイの父親と結婚したときもらったものだから、これは結局、あなたのもの。わたしが持っていても仕様がないし。いずれわたしが死んだら、あなたが相続する財産ということにもなるでしょ。だったら生きているうちに渡しておこうと思って。よかったら、はめて」

手のひらの上で小箱を開けると、そこには指輪が入っていた。縄編みにデザインされたプラチナのリングに、小粒の宝石がちりばめられている。

「きれい」

明美はため息をついた。思いは複雑だったけれど、口からは「きれい」という英単語しか出なかった。実際のところ、その宝石は美しかった。

「ダイヤモンドなのよ。はめてみて」

強くうながされて、思わず手に取り、はめてみた。

明美の薬指には、はまらなかった。ほかの指も全部、だめだった。そのとき、明美は何だかほっとしたのを、よく覚えている。もし、うまく入る指があったとしても、わたしはこの指輪はしないだろうな、と思ってもいた。どうして？　と、だれかにたずねられたなら明美はきっと「指輪をはめる習慣がないから」と答えただろう。でもそれは表向きの答えであって、本当の理由は——。

自分でもよく、わからなかった。理由は考えたくない、というのが、自分の気持ちに一番近い答えだったかもしれない。

「あら、もうすこしで入るのにねえ」

スザンナは明美の手を取って、五本の指をながめながら、いかにも残念そうな表情をしていた。

「せっかくいただいたのに……」

明美が口ごもっていると、スザンナは、モナリザの微笑《ほほえ》みに似た笑みを顔に浮かべて、言った。

「いいのよ、あなたが持っていてくれるだけで」


三月の終わりごろになると、雪どけが始まる。

森の樹木の枝先がすこしずつ赤みをおびてきて、谷川のせせらぎが日ごとに勢いを増してくるころ、近くの村でメイプルシロップの収穫を祝うお祭りがある。

五月になって、ライラックが満開になると、ライラック祭り。

七月の独立記念日には、花火大会。夏の初めには、湖のほとりの公園で、ジャズ・フェスティバル。やがて秋がやってきて、果樹園のりんごが色づき始めると、そこらじゅうでアップル祭り。屋台にはアップルパイと、しぼりたてのアップルサイダーと、アップルバターが並ぶ。十月にはハロウィンがあって、町中にオレンジ色のカボチャがあふれる。十一月には感謝祭がやってきて、たくさんの七面鳥が焼かれ、十二月になると町はクリスマス一色に染まる。

それから翌年のメイプルシロップの季節までは、雪に囲まれて暮らす。

出身が北海道だったせいか、明美は長く厳しい冬も、深い雪も、それほど気にはならなかった。「そんな田舎に住んでて、退屈じゃない？」と心配してくれる友だちもいたけれど、手を伸ばせばそこに草花があり、樹木があり、小鳥やりすがいる、自然のいとなみに抱かれた生活は、明美の性に合っていたようだった。

日本の都会に住んでいたころには決して味わえなかったカントリーライフを、明美は楽しんでいた。靴箱のなかからはいつのまにか、革靴やハイヒールがすっかり姿を消して、夏用のスニーカーと冬用のスノウブーツがおさまっていた。

ふたりの生活は、おだやかな空気に満たされていた。

けれどもそのおだやかな空気は、休暇が近づいてくるたびに、かき乱された。

スザンナは、大学の春休み、夏休み、冬休みが来るたびに、ふたりの住む町にやってきて、ふたりのアパートに滞在した。いつも片道切符でやってきた。彼女は意図的に、帰りの飛行機のチケットを持たないで、やってくるのだった。

そのたびに、「大学のキャンパス内にあるホテルを予約しておいたよ」とレイモンドが言って、「だめよ、そんなの」と明美が言う。

「だったらどうする？　今年はもう来るなって言おうか？」

「そんなこと、言えるわけないじゃない」

「じゃ、どうする？」

「一週間くらいなら、我慢できると思う」

「我慢する必要なんかないよ。きみが嫌なら僕は断る。もう来るなと言うよ」

「だめだめ、そんなことできない」

「じゃ、どうしろって言うのさ」

「だから、一週間ならだいじょうぶって言ってるじゃない」

「わかった。一週間まではかまわないけれど、それ以上は絶対にいてくれるなって言っとくよ」

「そんな風には言わないで。一週間くらいどうぞ、とか」

「曖昧なこと言うと、またいつまでも居座られるぞ」

「それは困る。どうしよう。なんなら、あなたたちふたりで、どこかへ旅行にでも行ってくれないかな」

「お断りする。僕はマザコンじゃない。母親とふたりきりで、旅なんかできるか。おかしな提案をするなよ。まったく、冗談じゃないぜ」

きつい口調で言われても、このごろの明美は絶対に、沈黙したりはしない。かならず、何らかの言葉を口にする。それは、レイモンドから教わったコミュニケーション術だった。ときには、すぐには回復できないほど疲労困憊《こんぱい》することもあるけれど、ときには、なんとも爽快な気分になれるやり方。出会ったばかりのころ、口論になって、明美が押し黙るたびに、彼から言われたものだった。

「昔の恋人には、きみのその無言の抗議が通用したかもしれないけれど、この僕には通用しないよ」

はじめて、レイモンドとベッドを共にした夜も、同じような会話があった。レイモンドは、明美の体を両腕のなかに、まるで封じこめるようにして、きつく抱きしめながらも、行為におよぶ前にこう言ったのだった。

「イエスかノーか、はっきり言ってほしい。僕にはきみの表情から、きみの真意を判断することができないから。きみは僕とメイク・ラブしたいか？」

したいに決まってるじゃないの！　愛しあっている男女が裸で抱きあっているのよ。ほかにすることがあるの？　こういうときには、相手に有無を言わせず抱くものよ。と言いたい気持ちをぐっと抑えて、明美はまじめに答えた。

「百パーセント、イエス」

明美はレイモンドの下に組み敷かれ、両手で彼の背中をしっかりと抱きしめながら「なんてかわいい人」と思っていた。こういう男は、今までつきあってきた人のなかにはいなかった。明美自身、強引に抱くのが男らしいやり方だと思ってきた。また、そういう局面にあっては、そうされたい、と望んでもいた。

言葉で確認してから、抱く。いずれにしても、これはとても誠実なやり方だし、女性の気持ちを大切にしているし、無条件で「いいな」と明美は思ったのだった。

結婚してからも、レイモンドのこの態度は変わらなかった。明美の体調が悪いとき、にもかかわらず明美が拒否しなかったため、喧嘩になったりもした。

「嫌なときには嫌と言ってくれ。できないときはできないと」

ベッドのなかにかぎらず、ありとあらゆる場面で、明美はこの言葉を何度聞いたことだろう。

だから今、明美は彼の目をまっすぐに見つめて、こう言う。

「そう。旅はできない。それはわかった。だったら、どうするの？　彼女はあなたの母親なのよ。わたしの母親じゃないの」

「だから、はっきりと断ればいいんじゃないか。今年は勘弁してください。ここへは来ないでください。来るなと言えば、来ないさ」

「そんなこと、できないよ」

「だったら、どうしろと」

「一週間くらいなら」

「八日めには帰れよって、言っておくよ」

「そうじゃないの、そういう意味じゃない」

「だったらどういう意味だ」

「一週間前後であれば、何とかだいじょうぶという意味よ。だからそれは、十日になってもいいの。三日くらい増えたって我慢できる。だけどまったく期限のない日程、というのは耐えられない」

「だったらそれを直接、彼女に伝えればいいことだ」

「それは、できない。そんなこと」

「どうしてできないのか、僕にはわからない。きみの言葉と行動はどうしてそんなにずれているんだろう。僕には理解不能だ。お手上げだ」

「わたしだってお手上げよ。もう、うんざりよ、こんなこと」

休みが近づいてくるたびに、明美とレイモンドはそんな堂々めぐりの会話を交わす。スザンナが来たら来たで、今度は、いつ帰るのか、いつ帰ってくれるのか、ごねないで去っていってくれるのか、また前みたいに泣かれるのか、あの涙は見たくない、どうか泣かないで帰ってくれますように、と、まるで祈るような毎日を過ごすことになる。

スザンナがふたりに会いにきて、ここに滞在する、そして朝から晩まで彼女と顔をつきあわせている、ということからくる圧迫感と、いつ帰るのかわからない、という苦痛にも近い不快感。それに加えて明美は、彼女の滞在がやっと終わって、帰りぎわに、一方的に与えられる罪悪感にひどく苦しめられていた。

たとえば空港で、たとえばアパートの玄関口で、たとえば最後の夕食のテーブルで、レストランのかたすみで、スザンナは繰り返し、言うのだった。

「ああ短かった。なんて短かったんでしょう。このつぎはもっと長く、いっしょにいたいわ。もっと長く。わたしはあなたたちを、こんなに愛しているんですもの」

瞳の奥をきらりと光らせて。その光は、容赦なく、明美を射る。おまえは年老いた母親に向かって、早く帰れ、と言っている、と。

北風と太陽。

「童話にそんなのがあったじゃない」

東京に住んでいるフリーライターの親友に胸の内を打ち明けたとき、彼女はそう言って、明美をなぐさめてくれた。彼女は今はシングルだけれど、過去には結婚していたことがあった。そしてそのとき、姑とのつきあいに関して、とくに表立って苦労している風ではなさそうだった。同居もしていなかった。でも、あなたの気持ちはわかるよ、と彼女は言ってくれた。とてもあたたかい声で。

「姑さんは北風なんだね。吹いても吹いても、コートを脱がせられない。明美はコートの襟を立てて、ボタンをきっちりはめて、前かがみになって、足早に去っていくだけ。でも彼女は自分が北風だって気づいてない。きっと明美が一ヶ月いてくださいって言ったら、彼女は一ヶ月じゃ短いって言うんだね」

「そう。いくら尽くしても、最後には、もっと、がくるのよ。もっと、もっと。あなたはわたしのかわいい娘。愛してる。こんなに愛してる。だからあなたももっと、愛してちょうだいよって」

「アメリカ人ぽいね。でも、こういうことって、アメリカ人だから、日本人だからってことじゃない気もするなあ。わたしの義理の母だった人も、明美のところほど、あからさまじゃなかったけれど、心のなかは結局おんなじだったんじゃないかって、今にしてみれば、思えることもあったよ」

「え、ほんと？」

「うん。でもニッポンの姑の場合はさ、嫁のことが嫌だなとか、もっとこうしてもらいたいとか思ってても、言葉にはしないでしょ。その分だけ、怨念《おんねん》がじわーっじわーっと迫ってくることもあるのよ。息子の幸せは願ってるんだけれど、嫁の幸せは願えない、って気持ちになるところが、姑のつらさよね。彼の実家にいっしょにもどってたときなんか、真夜中にお手洗いにいこうとして、ふっとうしろを振り向いたら、そこに包丁を持った彼女が立ってるんじゃないかって思うこともあったわよ、冗談だけど」

「えっ、怖ーい！」

そのあと、ふたりして、笑った。笑って、笑って、笑い声で、彼女は明美を励まそうとしてくれていたのかもしれない。

「ああ、わたしだって一度、姑さんから『愛してる』なんて言われてみたかったわ」

「実際にそう言われてごらんよ。気持ちわるいよー」

「そうかな？」

「そうよ。アメリカ人のアイラブユーって、単純な愛の言葉じゃないのよ」

スザンナの言葉はいつも、アイラブユーで終わる。彼女から届く手紙のなかでは、アイラブユーは大文字で記されている。それを見るたびに、明美の心には鳥肌が立つ。彼女のアイラブユーは明美にとって、暴力でしかない。

押しつけがましい、愛の言葉の、暴力。

見返りを期待する、母の愛。

明美は願った。スザンナがもしも、あたたかくて、つつしみ深い、太陽になってくれたら。そうしたらわたしは、いつまでもここにいてね、もっと会いたい、今度はいつ会えるの、今年のクリスマスはどうするの、と、素直に言えるようになるかもしれないのに。優しい嫁になれるかもしれない。彼女さえ、太陽に変わってくれたら。すべてはうまくいく。

「それは違うと思う」

と、レイモンドはきっぱり言った。

「おふくろは変わらないし、変えることもできない。きっと一生、あのままだ。しつこい性格も粘り強さも天性のものだし、自分の意思は曲げないし、どこまでも押し通してくる。アメリカ人だから、じゃなくて、それが彼女の持って生まれた性格だから。母親なら、わが子に何をしても許される、なぜならば愛しているから。それが彼女の思考回路なんだ。きみはそれを理解する必要もないし、受け入れる必要もない。おやじだって、あの性格が嫌になって、別れたのかもしれない。彼女は変わらない。だから、きみの方が変わらなきゃ、だめなんだよ」

変わるのは、わたし？　このわたしに、どう変われと？

明美はレイモンドの言葉の真意がつかめなかった。同時に、レイモンドという人の冷たさ、のようなものが頬をかすめた気がした。冷たい、といっても、明美に冷たくあたるとか、母親に冷たいとか、そういうわかりやすい行為ではない。何かとらえどころのない、漠然とした、冷ややかさ。世界に対する冷淡さ。冷淡さは距離、と言いかえてもいいのかもしれない。

あなたはアメリカ人だから、わたしの気持ちがわからない。日本人ならだれでもわかる、つかみどころのない情というもの、割りきれない感情、もやもやした思いを、あなたは理解できない。そんな言葉が喉のあたりまでこみあげている。でも明美はそれを口にしない。レイモンドだけではなくて自分をも傷つけてしまうだけの言葉、とわかっているから。

「僕は彼女の息子だから、彼女との関係を完全に絶つことはできない。でもきみは他人なんだ。嫌なものは嫌、とシャットアウトする権利があるんだよ。嫌な他人を変えようなんて、そんな無駄な努力をしたって仕方がない。どうしてきみは、嫌なものを拒否したり、排除したりできないんだろう。そんなきみの根っこにあるものは、いったい何なんだろう」

わたしの根っこにあるもの？　それよりも、あなたのその冷たい感じはいったい……。

――ハーイ。アケミ&レイ。マムよ。もうすぐクリスマスね。さ来月のスケジュールについて、話し合いたいの。電話ちょうだいね。もどったらすぐよ。アイラブユー・ソーマッチ。

十月のある週末だった。

夕方、スーパーでの買い物からもどると、留守番電話にそんなメッセージが入っていた。

あーあ、またクリスマスか。でもまだあと二ヶ月も先じゃないの。うんざりする気持ちを押し殺しながら、明美は出かける準備をした。

キャンパスでレイモンドと彼の仕事仲間たちと待ち合わせて、みんなでレストランに出かける予定があった。前々から楽しみにしていた夜だった。集まる人たちのなかにひとり、日本人女性がいると聞いていた。明美はその人に会って、日本語でおしゃべりができるのを心待ちにしていた。

スザンナには、もどってから電話すればいい、と思った。そのとき、折り返しの電話をする時間がなかったわけではない。が、楽しい予感と期待に満ちている夜に、しかも出かける直前に、彼女の声など聞きたくもない、というのが正直な気持ちだった。

その夜の食事会は本当に楽しかった。そして、そこで出会った日本人女性も、想像していたよりもずっとチャーミングな人だった。明美は、彼女との日本語の会話を、心ゆくまで味わった。日本語そのものも、それから話の内容も、もしも感情に色というものがあるとするならば、その人と話していたとき、ふたりの感情は同じ色をしていたのかもしれない。明美にはそんな気がしてならなかった。同時にこうも思った。レイモンドとは確かに、日本語で会話することができる。けれどもわたしたちの感情の色は、ひどく異なっているのかもしれない、と。

ふたりそろってアパートにもどってきたのは、夜の十時をすこし過ぎたころだった。留守番電話のメッセージランプが点滅していた。数字は「7」。三、四時間のあいだに、七つも入っているなんて、めずらしいことだった。

明美は再生ボタンを押した。レイモンドはシャワーを浴びるために洋服を脱ぎながら、電話のそばまでやってきた。いっしょにメッセージを聞くために。

――ハーイ。マムよ。おふたりさん。もうそろそろもどってきたころかと思って、電話してみたの。まだなのかな？　もどったら、お電話ちょうだいね。クリスマスのこと、話し合いたいの。飛行機のチケット、予約しないとね。ふふっ。じゃあね。

――ハーイ。マムよ。土曜日だからふたりでどこかに出かけてるのかしら。楽しいひとときをお過ごしなのかしら。お邪魔になっていたらごめんなさいね。ええっと、今はそっちの時間では、八時くらいかな。もどったら、お電話ちょうだいな。すぐよ。すぐ電話してね。愛してるわ。

――ハーイ。マムですよ～。いないの～。いるんでしょう～。いるのなら、受話器、取ってちょうだい～。いないの～。アケミ～。アケミ～。レイ～。レイ～。いないの～。マムですよ～。あなたたちのお母さんですよ～。愛してますよ～。

――マムです。もどったら電話しなさい。これはあなたの母親の命令。電話しなさい、今すぐに。

――ハーイ。ふたたびマムです。スイートなおふたりさあああん、どうしたのかな。

ちょっと心配になってきました。あなたたちのお母さんが首を長ああくして、お電話を待っていますよ。もうすぐクリスマスです。クリスマスはね、ふだんは離ればなれになっているファミリーが集まって、いっしょに過ごす、アメリカではもっとも大切な休日なんです。ねえ、アケミ、わかりますか。アメリカ人がクリスマスに、ひとりぼっちでいるなんて、それは死ぬよりもつらいことなんです。どうぞどうぞ、このメッセージを聞いたら、今すぐ受話器を取ってください。あら？　それとも、もしかしたら、あなたたちは、お母さんの電話番号を忘れてしまったのでしょうか。お母さんの電話番号を忘れるなんて、とんでもないことですよ。お母さんのことを、うるさいババアだなんて思っていたら、承知しませんよ。わかりましたか。わたしはあなたたちのお母さんなんです。今からあなたのお母さんの電話番号をお教えします。お母さんの電話番号は……。

メッセージはそこで途切れていた。

テープがいっぱいになっていた。三番めと四番めのメッセージのあいだに、無言電話が二件。それもおそらく、スザンナだろう。レイモンドは二つめのメッセージの途中で、バスルームに消えていた。残りのメッセージは聞かずともわかる、と思ったのだろうか。

すべてのメッセージを聞き終えてから、明美は深いため息をつきながら、ベッドルームに入った。頭のなかに、こんがらがった鉄条網が、ぐしゃぐしゃになって詰まっているようだった。そんな頭を抱えこんで、ベッドの上に腰かけた。耳の奥にはまだ「イッツ・マーム」という声が響いている。これはハラスメントだと思う。わたしに対する、いやがらせ。

「お母さんですよ〜。あなたのお母さんですよ〜」

声が消えない。

涙が頬を伝っていく。

怒りの涙だった。マザーという英単語、アイラブユーという英文、これ以上に嫌な言葉はこの世にない、と思った。

スザンナの愛の裏には、気味の悪い接着剤がびっしりと貼《は》りついている。その接着剤で、レイモンドを永遠に自分の側に、貼りつけておこうとしているのか。臍《へそ》の緒をたぐり寄せたなら、子どもはいつでも自分の方へ引き寄せられるとでも思っているのか。これは、愛じゃない。愛の名のもとに正当化された、支配だ。明美の堪忍袋の緒は切れた。

レイモンドがシャワーを浴びている音が聞こえてくる。彼は口笛を吹いている。なぜあの人は、口笛なんか吹いていられるのだろう。わたしが泣いているときに。そう思うと、また新しい涙があふれ出してくる。

バスタオルを巻いて、ベッドルームに入ってきたレイモンドに向かって、明美は言った。言ってはならない、とわかっている言葉。でも、だからこそ、言わずにはいられない。

「もしもわたしたちが離婚するとしたら、それは、あなたのお母さんが原因ということになると思う」

文法的な間違いなどひとつもない、正しい英語。

レイモンドは明美のとなりに、静かに腰を下ろした。いつもならここで、彼か明美か、どちらかが冗談を言うとか、相手の体をつついてみたりするとか、そういう風にして、それで何となくその場はおさまっていくはずだった。優しいだけの抱擁、キスだけで、よかった。ちょっとだけ、体のどこかに触れあいさえすれば、とげとげした空気は消えてしまうはずだった。だけど今夜の明美には、無理だった。どんな抱擁もキスも、凍りついた明美の心と体を溶かすことは、できなかった。

「きみがもう一生、会いたくないと思うなら、会わなければいいんだ。メッセージがうるさければ聞かなければいい。電話が嫌なら電話線を引っこ抜いておけばいい。二度とかけてくるなとはっきり言えばいい。徹底的に無視すればいいんだよ。いつも言ってるじゃないか。好きなようにしたらいいんだ」

ああ、そうできたら、どんなにいいだろう。そう思えたら。でもできない。思えない。どうして？　わからない。明美の心はまっぷたつに割れている。割れて、そこから血が噴き出している。やっとのことで、明美は血液のこびりついた言葉を返す。

「できない。そういうわけにはいかない」

「なぜ？」

「なぜって？　だってあの人は、あなたの母親なのよ」

「でも、きみの母親じゃない」

「それはそう、だけれど、あなたと結婚しているかぎり、あの人を切り捨てることはできない。それに、彼女が悲しむとわかっているようなことは、わたしにはできない。

嫌なの……」

　あなたのお母さんを愛せない自分が嫌。わたしに自己嫌悪を抱かせる、あなたのお母さんが嫌い。そういう風に人を嫌っている、自分が嫌い。

　それらの言葉は、言葉にはならない。

「彼女の幸せ、不幸せはきみとは関係がないし、彼女が悲しもうが喜ぼうが、それはきみの責任じゃないんだ。きみには彼女を幸せにすることはできない。僕にもできない。彼女が不幸だとしたら、それは彼女の問題であって、僕らの問題じゃない。どうして、きみにはそれがわからないのかなあ。嫌だったら、会う必要なんかない。一生会わなくても、だれも困りはしない。嫌いなものを好きになる必要もない。シンプルなことじゃないか。どんなにきみが努力しても、絶対にうまくいかないことっていうのも、あるんだよ。きみはそのことを受け入れるべきだ。それよりも」

　そのあとに、レイモンドはこうつづけた。離婚なんて、たとえ仮定形であっても、口にしてほしくない言葉だ。僕はとても不愉快だ。二度とそういうことは言わないでくれ、と。

　リビングルームで、電話が鳴り始めた。ふたりとも、取らなかった。

雪どけ、せせらぎ、メイプルシロップ、ライラック、花火大会。夏がまた、めぐってくる。アメリカで迎える三度めの夏。

明美は、久しぶりに親友に会えるのが楽しみでならなかった。

スザンナにもらったダイヤモンドの指輪が本棚から消えていることに気づいた日、明美は時間をかけて、家のなかをさがしてみた。

机の引き出し、バスルームの棚、ベッドルームのクローゼット。

どこか別の場所に置きかえて、その場所を、自分でも忘れてしまっているに違いない。そう思った。懸命に思い出そうとしてみたけれど、だめだった。

その夜、ふたりで夕食を食べているときに、明美は切り出してみた。

レイモンドはさして驚いた風でもなく「ああ、あれか」と、明るい笑顔を明美に向けた。

「前に彼女がここに来たとき、僕から返しておいた。きみに伝えるのを忘れてた。ごめんごめん」

びっくりしたのは明美の方だった。

「えっ！　返したの？」

「そうだよ。あんなもの。きみに指輪をはめる習慣があるようには思えなかったし。それに、だいたいあれは離婚指輪じゃないか。縁起でもない。鼻先に、突き返してやったさ」

離婚指輪などもらっても、こっちは迷惑なだけだ。まったくどういう神経してんだ、バッドラックだ、とジョークまじりに言いながら、レイモンドはスザンナに指輪を返したのだという。

「きみだってあの指輪、好きだったわけじゃないだろう」

それはそう。好きなわけがない。好きか嫌いかと問われたら、嫌いだと答える。

「でもなんだか、嫌味な感じにならなかったかな。たとえばわたしからの挑戦状だとか、いやがらせだとか、そんな風に受けとめられてたら、どうしよう」

「心配無用。返したのはこの僕なんだし。あっそう、じゃ、仕方ないわね、持って帰るわ。みたいな反応だったさ。だいたいね、おふくろの世界は、自分を中心にまわってるんだ。彼女はただ指輪をきみに渡したいと思ったから渡しただけのことで、それをきみがどう思うかまでは、考えちゃいない。つまりそういうことなんだ。だから僕が指輪を彼女に返したからといって、きみがいちいち彼女の気持ちを思いやる必要はないんだよ」

「そう？　ならいいんだけど」

そこでいったん、指輪を巡る会話は終わった。

ふたりはしばらくのあいだ、とりとめもなく、ほかの話をしていた。おたがいの仕事のこと。大学のこと。映画の話。読んだ本の話。料理をみんな平らげて、デザートも食べ終えて、ふたりであとかたづけを始めたころだったか。レイモンドはまるで、言い忘れていたことをふいに思い出したように、言った。

「そういえば、あの指輪のことだけど、僕は大っ嫌いなんだ。だからあれを見つけたときには、あんなおぞましいものがうちのなかにあるなんて、我慢できない、冗談じゃないぜと思って、それでおふくろに返したんだ。突き返したっていうのは、まぎれもない事実なんだよ」

決して、深刻な口調ではなかった。レイモンドは、明るい笑みをたたえたような声で、その話を語り始めた。

両親が離婚したのは、彼が大学生になって、家から出ていくのと同時だった。それを待っていたかのように両親は別れて、それからまもなく、それぞれの新しいパートナーと再婚した。つまり、離婚後に晴れていっしょになろうとしている相手は、すでに離婚前に、どちらの側にもいた、ということになる。

この離婚と再婚を、だれよりも待ち望んでいたのは、レイモンドだった。

物心ついたころから、両親の仲はすでに悪く、家のなかにはいつも険悪な空気が渦巻いていた。口喧嘩以外の会話を両親が交わしているのを、聞いたことがなかった。しょっちゅう三人でどこかに旅行していたけれど、その旅には、楽しかった、という記憶がひとつも残っていない——そういえば、明美が見せてもらったスナップ写真のなかでは、三人はいつもばらばらに写っていた。週末が来るたびに大勢の人を招いて、ホームパーティを催していたのは、ふたりの仲の悪さを隠蔽するためだったのかもしれない。レイモンドは当時を思い出しながら、そんな風に言った。

かつてスザンナは明美に、こう語ったことがあった。

「あの子が成長するまで、わたしは離婚しないで、ひたすら耐えていたのよ。犠牲になったのね。あの子に傷を負わせないために。不幸な少年時代を送らせないために、わたしが自分の人生を犠牲にしたというわけよ。母親ってつらいわね」

サクリファイス。その単語はあまりにも強く発音された。そのためにかえって、明美の耳には芝居がかって聞こえたのだけれど。

あの子はいまだに何も知らないのよ。と、スザンナは言った。わたしがどんなに苦労したか、悲しい思いをして、あの子のために結婚生活を維持していたか、あの子は何にも知らないの。

でもそれは違っていた。それはスザンナの人生のなかで、もっとも大きな誤解といえるかもしれない。

学校からもどってきて、宿題をして、遊んで、少年と両親は三人で夕食を食べる。そのあと少年は自分の部屋に閉じこもって勉強したり、テレビを見たり、本を読んだりする。それからベッドに入る。ベッドに入って目を閉じて、五分もしないうちに、ガレージからそろそろと車を出す音が聞こえる。少年の胸は痛む。宗教の時間に、学校の先生から教わった「聖書」の一節を唱えながら、その痛みをやり過ごそうとする。

My son, forget not my law; but let thine heart keep my commandments: for length of days, and long life, and peace, shall they add to thee.

けれどもいつしか少年は、ガレージから車が出ていく音を聞いてはじめて、安心して、眠りにつけるようになっていった。

朝がやってくる。まだ外は暗い。時計を見ると、午前五時。ガレージに車が入ってくる音で、少年は目が覚める。

顔を洗って、歯みがきをして、朝食のテーブルにつく。

「おはよう！　よく眠れた？」

「おはよう！　気分はどうだい？」

お母さんとお父さんがそれぞれ、息子に声をかける。明るい声で。三人で、何ごともなかったかのように、朝食を食べる。家族そろった、明るい食卓。みんな、昨日の夜から、ずっとこの家にいました、という風にふるまっている。少年は気づいていた。夜中に車を出しているのは母親の方だ、と。母は毎晩どこかに出かけていって、別の人と過ごして、たぶん明け方、ここにもどってきている。

「別にそのことはいいさ。母親といったって、ひとりの女なんだ。恋人がいたって、僕はかまいはしなかった。傷ついたりもしない。母親の幸せを願うのは、子どもとして当然だからね。でも、幸せな少年を演じることは、つらかった。早くこんな状態から抜け出したいと思っていた」

実家から出ていきたい一心で、地元の大学ではなくて、家からできるだけ遠いところにある大学に、かたっぱしから願書を送った。

東海岸にある大学に合格して、学生寮に入った。最初の夏休みに実家に帰省すると、家にはすでに母親の姿はなかった。そして、父親から、もうすぐ継母になるであろう人を紹介された。その人は、母親よりもずっと、父に似合いの人のような気がした。

親の離婚は子どもを傷つけたりしない、というのがレイモンドの持論だった。子どもはそんなにやわじゃない。むしろ「十八年間も離婚しないで、我慢しつづけてくれたことが、僕に耐えがたい抑圧とダメージを与えたんだ」と。

「だから、あのふたりが別れたと知ったときには、本当にうれしかった。心の底からうれしかった。これでやっと僕は、自由になったと思った」

両親が離婚して、レイモンドは解放された。仮面夫婦と偽りの幸福な家庭から。ここまでの話は、明美もよく知っていた。つきあい始めてから今日までのあいだに、ぼつぽつと聞かされてきたから。

でも、明美にはまだ、知らされていないことがあった。少年の心の、奥深くにしまいこまれていた記憶の扉。

その夜、レイモンドが語り始めたのは、その扉の向こう側にある話だった。

テストの成績が悪かったとき、いたずらをして物を壊してしまったとき、門限に遅れて家にもどってきたとき、他愛ない嘘をついたとき、少年は母親に頰を打たれた。口答えをすると、とたんに平手が飛んできたし、黙っていれば「何とか言いなさい」と、なじられながら殴られた。背中を丸めてうつむいていると、背中をたたかれた。息が詰まるほど、激しく。謝っても、謝っても、殴られた。ときには、どうして殴られなくてはならないのか、わからないままに殴られていることもあった。

「あのころは、親のしつけとか教育とかいう名目で、子どもに体罰を与えるアメリカ人が多かった」

と、レイモンドは言う。

「だけどあれはしつけのための体罰だった、とは僕は思わない。あれはどう考えても暴力だった。殴られていたとき、彼女の意思、激しい憎しみのようなものを、僕は感じていた」

スザンナは容赦なく殴った。左手で。彼女は左利きだから。

一度だけだったが、拳《こぶし》が耳のあたりにあたってしまい、耳鳴りがやまなくなって、病院に連れていかれたこともあった。「どうしたの?」という医師の質問に、「転びました」と答えたのは、レイモンドだった。

「もしかしたら僕は、彼女の憤怒のはけ口になっていたのかもしれない。今なら幼児虐待ってことになるんだろうけれど。あのころは親の教育という逃げ道があったんだよ。頰とか背中とか頭とか耳たぶとか、顔のそこらじゅうに、今でもあの感触が残っているんだ」

「あの感触?」

「あの、指輪の感触だよ」

そう言いながら、レイモンドは自分の頰に手のひらをあてた。

スザンナにもらった結婚指輪。それがはまっている彼女の左手の薬指。思い描くと同時に、明美の背筋はぞっとした。縄編みになったプラチナの台。波形の微妙なカーブのついた金属。そこにちりばめられている小粒のダイヤモンド。鋭利な凹凸のあった指輪。それが少年の柔らかな皮膚をかすめる。背中に食いこむ。

明美はレイモンドの肩に手をまわして、そっと抱き寄せた。

「ねえ、そのこと、彼女に話したの？　指輪を返すとき」

「ジョークっぽくね。そんなことがありましたか、なあんにも覚えていませんってさ。つまりそういうことなのかもしれない。殴られた側はその痛みを覚えていても、殴った側は簡単に忘れることができるってこと」

明美はそのときこう思っていた。いいえ、スザンナは決して忘れてなどいない。彼女ははっきりと――おそらく彼よりも鮮明に――そのことを記憶しているに違いない、と。だからこそ、彼女は――。

明美はそのとき、それまで彼女がふたりに対して取ってきた行動、言葉の数々、その裏にひそんでいるものが、ほんのすこしだけだけれど、わかったような気がしていた。スザンナがいつも使っている「アイ・ラブ・ユー」の日本語訳をつくるとしたら、それは「許してちょうだい」になるのかもしれない。けれどもそのことは、言葉にはしないでおいた。きっとレイモンドにとっては、ずうっと前からわかっていたことで、そしてそれをだれかの口から、聞かされたくはないだろうと思ったから。

かわりに、明美はこう言った。

「話してくれて、ありがとう。わたしに、話してくれて」

「こんな醜い話、できれば聞かせたくなかったんだけれど。きみの耳が汚れていないといいけど」

「聞かせてもらってよかったと思うよ」

だって、話すことができる、ということは、言葉にして相手に伝えることができる、ということは、それはあなたがそのことをちゃんと、うまく、乗り越えている証拠だと思うから。明美はそんなことを思いながら、レイモンドの肩をいっそう強く抱きしめた。

「そう？　ほんとにそう思う？」

「うん、思う。あなたに近づけた気がする。前よりも、もっと」

朝。太陽が、樹木の枝と枝のあいだから顔をのぞかせ始めたころ。

ダイニングルームのテーブルの上に、紅茶のカップとポットと原書とノートと辞書を置いて、明美は仕事を始める。コンピュータを使って原稿を書くときには、書斎にこもることにしているけれど、下調べはいつもダイニングルームでする。ここの窓からは外の景色がよく見えて、明るい。

ここが、この家のなかで、わたしの一番好きな場所。

原書を読みながら、意味のつかめない部分に、線を引っぱっていく。知らない単語は辞書で調べてノートに書き出しておく。英語で書かれた文章を一行、一行、すくいあげるようにして、日本語に置きかえていく。言葉と言葉がぴたりと重なりあう、なんてことは、ごく稀なできごと。いつも、何かしら、違う。どこかが、ほんのすこしだけ、ずれている。

英語を日本語に置きかえていく。

相手の言葉を自分の言葉に置きかえていく。

あなたの人生をわたしの人生に置きかえていく。

結婚とは、果てしのない翻訳作業のようなものなのかもしれない。

どこまで歩いていっても、どんなに愛しあっていても、ふたりの人間が完全に重なりあう、ということはない。ふたりはいつまでたってもふたりの人間であって、ひとりになる、ということは永遠に、ない。どんなに神経をとがらせて訳しても、異なった言葉と言葉が寸分の狂いもなく、置きかえられることがないのと同じように。

それでも根気よく、あきらめないで、置きかえていく。静かな情熱を燃やしながら、作業をつづけていく。今日はここまで、できた。明日はここまで、できるだろう。

心躍る作業。

縮まらない距離を、一生をかけて、縮めていく。今日はここまで。明日はここから。祈るようにして。そうして、死ぬ間際になって、どうしても縮まらないと思いつづけてきた距離が、わずかばかり縮まっていることを知る。そのときに、わたしは「アイ・ラブ・ユー」を訳して、贈る。あなたに出会えてよかった。あなたと暮らせて幸せだった。あなたを愛しています、と。

それが、わたしの結婚。

仕事の手を休めて窓の外に目をやると、シルバーメイプルの枝のなかから、「幸福の青い鳥」が二羽、飛び立っていくのが見えた。あの小鳥たちは、どこに住んでいるのだろう。どこからやってきて、どこまで飛んでいくのだろう。レイモンドといっしょに、これからもずっと、小鳥たちのゆくえを見守っていきたいと、明美は思った。

願いごと

Linked Destinies

クリスマスイブ。夕暮れどき。

前庭に積もった雪が、夕闇のなかでブルーに染まり始めている。

麻子《あさこ》は、離婚してシングルマザーになったドロシーの家のリビングルームにいて、ソファの横に立てられた、てっぺんが天井まで届こうかというほどのもみの木の枝に、クリスマスの飾りつけをしている。キッチンの方から、クッキーの焼ける匂いが漂ってくる。半地下室にある子どもの遊び場から聞こえてくるのは、ドラムを叩く音と、コンピュータゲームの音。そこに「ボーイズ！　早く準備しなさい！」「何度言ったらわかるの！」と、ふたりの息子を叱《しか》りつける母親の金切り声が重なる。

「さっさとやりなさい。ジェフリー」

「ダニエル、ちゃんと靴下、はきなさい」

「聞こえてるの？　だったらすぐやりなさい！　今すぐよ！　ああ、それじゃない。違うでしょ。もういやっ！」

今日の昼過ぎ、ニュージャージー州にある自宅をあとにして、北へ向かう高速道路に乗り、二時間ほど車を走らせて、麻子はコネチカット州ベセルにあるこの家までやってきた。今夜はここに泊めてもらうことになっている。

ドロシーは、麻子の夫マイクの妹だ。年齢は麻子とひとつだけしか違わない。麻子にとってドロシーは義理の妹、英語では「シスター・イン・ロー」ということになる。でも麻子は彼女のことを、親戚というよりはむしろ、古くからの友だちという風に感じている。

いつだったかドロシーは「シナジー」という英単語を麻子に教えてくれたことがあった。

「わたしとあなたはシナジー・シスターズ」

と、彼女は言ってくれた。

「シナジーというのはね、いつも深いレベルで共感できる間柄、どんなに離れた場所にいても、心と心で、つながっていられる関係。そういう意味の言葉なの」

〈いつもあなたのベストフレンドであり、シスターであるドロシーより〉

彼女から届く手紙やメールやカードの最後は、そんな言葉で結ばれていることが多い。

ここへは、ひとりで来た。

クリスマスをはさんで十日ほど、マイクは仕事のためハワイに滞在している。マイクの職業はドラマーだ。ベースとピアノのふたりと組んでいる専属のジャズバンドの仕事のほかに、事務所から依頼されて出向いていく、その場かぎりの仕事もある。今回のハワイの仕事がそうだ。ワイキキのホテルでクリスマスのディナーショーがあって、マイクはそこで演奏することになっている。

はじめは麻子もいっしょに行くつもりだった。

しかし、麻子の働いている文房具店のオーナーから、十二月は人手が足りないので、二十六日から年末まで、何とか出勤してもらえないだろうかと頼まれて、引き受けることにした。その代わりに、今日と明日は休みをもらった。

ピンポン、ピンポン、ピンポン。

玄関のベルが威勢よく鳴った。その音が鳴り終わらないうちに、少年たちが口々に「ダディだ！」「ダッドが来た！」と叫びながら、地下から階段をかけあがってきた。ふたりはまるで二匹の子犬のように、父親の大柄な体にまとわりついて、喜びをあらわにしている。

　ドロシーが三年近く前に別れた夫ジョージは、子どもたちの体をかわるがわる抱きしめたり、抱きあげたり、頬ずりしたり、髪の毛をくしゃくしゃにしたりしたあと、

「ママたちと話すから、しばらく下で遊びながら待ってなさい。静かにね」と、軽い命令口調で言った。

「ヘイ、ジョージ、元気だった？」

「ああ、元気だよ。きみはどうだい？」

「もちろん見ての通り、すこぶる元気よ。メリークリスマス！」

「メリークリスマス」

　別れた夫婦の抱擁を、麻子は階段の上からぼんやりとながめている。

　離婚後も、子どもの母親、父親として、友人同士として、細々とつきあいをつづけているふたりのあいだには、何だか、からっと乾いた気持ちのいい風が吹いているような、そんな気がする。こういうのは、アメリカ人同士のカップルだからこそ、なせる業なのだろうか。そう思ってからすぐに、いや、それは違う、と麻子は打ち消す。これはきっと、このふたりが考えに考え、話し合いに話し合いを重ねて、選び取ったやり方なんだろう、と。

こんな形で友情を育《はぐく》めるのなら、別れもまた、愛すべきものなのかもしれない。麻子にはふたりのことが、うらやましくさえ感じられる。過去に何人か、麻子にも別れた人がいた。けれども、そのうちのだれとも、こんな抱擁はできないだろう。胸の奥を、かすかな痛みがかけ抜けてゆく。

「へーイ、アサコ」

ジョージが麻子に声をかける。父親ではなくて、ひとりの男の口調になっている。ぶあつい胸とがっちりした肩。体格のいいイタリア系アメリカ人だ。

「こんにちは、ジョージ。会えてうれしい。メリークリスマスね！」

「俺の方こそ、会えてうれしいよ。そのセーター、すごくよく似合ってる。あいかわらずお洒落《しゃれ》だね。メリークリスマス、アサコ」

両腕で麻子の体を軽く抱きしめたジョージのシャツのなかから、かすかに、木枯らしと汗と車のオイルの入り混じったような匂いがした。彼はとなり町で、車の修理工場を経営している。

「ところでマイクは元気かい」

「うん、元気。今ごろはきっとワイキキの海辺でクリスマスよ」

「わお。それはすばらしい。うらやましいかぎりだ。雪のないクリスマスというのを一度でいいから経験してみたいもんだな。毎年こう雪が多いんじゃ、いいかげん、嫌になっちまうぜ」

そう言いながら、ジョージはシャベルで雪かきをする仕草をしてみせた。

それから三人で、キッチンに立ったまま、コーヒーを飲んだ。ドロシーは「焼きたてのクッキーもどうぞ」とすすめたけれど、ジョージは「ありがとう」と言ったきり、手はつけなかった。とりとめのない世間話をしていた時間は、せいぜい十分かそこら。

「そろそろ行くかな」とジョージが言うと、ドロシーは地下にいる息子たちを大声で呼んだ。

「ジェフリー！　ダニエル！　さあ、お父さんと出かける時間よ」

ふたりの息子は、ふだんはドロシーといっしょに暮らしている。毎週、火曜日の夜から水曜日にかけてだけ、車で三十分ほど離れた場所にあるジョージの家に泊まりにいく。これは離婚のさいに、弁護士を通して正式に取り決められた遵守事項のひとつ。クリスマスには毎年かわりばんこに、子どもたちは母親の家と父親の家を行き来する。

昨年はクリスマスイブからクリスマスにかけてをドロシーと過ごしたので、今年はジョージの家でイブの夜を過ごす。これも法律的な取り決めのひとつ。もと夫婦はこの約束を守らなくてはならない。

「じゃ明日の朝、そうだな。十時ごろでどうだろう」

子どもたちは二十五日の朝、ジョージの家でクリスマスプレゼントを開封したあと、ふたたび、ここにもどってくる。それから、ドロシーの家を昨晩、訪れた――ことになっている――サンタクロースからのプレゼントを開封する、そういう段取りになっている。

「十時でいいわ。待ってる。キムによろしくと伝えて」

キムという名を、ドロシーは優しく発音する。キムは、ジョージがつい最近、再婚した女の人。彼女の存在が、離婚の原因のひとつだったということを、麻子はドロシーから聞かされて知っていた。

「ああ。伝えておく」

ドロシーと麻子は玄関口に立って、三人を見送った。父親の両脇にぴったりとくっついて、路上に停められた車に向かって歩いていく息子たち。その背中に、ドロシーが声をかけた。

「楽しんでらっしゃい！　すてきなクリスマスイブを！」

　玄関のドアが、バタン、と閉まると同時に、それまでの狂騒がまるで夢のなかのできごとだったかのように、静寂がおとずれた。それは霧のように、たちまち部屋という部屋に立ちこめた。ドロシーがぽつんと言った。

「嵐のあとの静けさね」

「ヘビメタとパンクとロックンロールのライブが一気に終わったって感じよね」

　と、麻子も苦笑いをしながら答えを返した。

「さ、これからは大人の時間。ジャズの世界。麻子、ワインでも飲もっか」

　麻子とドロシーはワインを飲みながら、中途半端だったクリスマスツリーの飾りつけをすませた。そして散らかっていた部屋を適当にかたづけてから、ふたりで昼間につくっておいた料理をあたためて、テーブルの上に並べた。人参スープとキッシュとラザーニャ。ターキーはこの家では焼かれない。ドロシーはベジタリアンだから。

　七〇年代には髪の毛を背中の下の方まで伸ばして、頭にデイジーの花飾りをつけ、エスニック調のロングスカートをはいて、ビートルズを聴きながら裸足で踊っていた、というドロシー。同じころ、麻子はぶあつい眼鏡をかけて、ラジオでフォークソングを聴きながら、深夜の受験勉強に励んでいた。

日本とアメリカで、それぞれ同じ年代に青春時代を過ごしていたふたりが、今こうして、アメリカの小さな田舎町でいっしょにクリスマスイブを過ごしている。姉妹として。それを思うと、麻子は何だかしみじみしてしまう。

「メリークリスマス！」

「メリークリスマス！」

ふたりでもう一度、乾杯してから、窓ぎわのソファに、麻子は身を沈めた。ドロシーはグランドピアノを背にして、ピアノの椅子の上に腰かけた。まるでもてあましているかのように組まれた、長い両足。濃い褐色の肌がとても美しい。麻子はふと、ドロシーと同じ色をしたマイクの肌を思い出す。彼の肌の感触。肌のぬくもり。肌の匂い。優しい指先。それらを思い出すと同時に「会いたい」「いとおしい」「抱きたい」「抱かれたい」と、矢継ぎ早に思う。そして、そういう風に、好きな男のことを想っている自分が好きだ、と思う。

「あ、麻子。今、兄貴のこと考えてたりした？」

と、ドロシーがいたずらっぽく笑いながら言う。

「あたり！」

「まったくもう。熱いんだから」

「妬《や》ける？」

「うん、ちょっとだけね。麻子と兄貴みたいに、結婚しても恋人同士でいられるのが、わたしの理想なんだ。あとはおたがいにきちんとした仕事を持つこと」

ドロシーは、自宅でピアノ教室を開いて、生活費の一部を稼いでいる。子どもたちがもう少し大きくなったら、小学校か中学校で、ちゃんとした音楽の教職を得たいという希望を持っている。

「でも、今はまだとうてい無理ね。だって午後三時になったらまずダニエルを小学校に迎えにいかなきゃでしょ。家に連れて帰ってきたら、彼の宿題を見てやって、ピアノの生徒が来て、四時半になったらジェフリーを迎えにいくでしょ。もどったらまた別の生徒が来てて、また教えて、それからダニエルを野球場に連れていくでしょ。もどったらその足で、ジェフリーをバンドの練習に連れていくでしょ。それからダニエルを迎えにいくでしょ。それからジェフリーを迎えにいくでしょ」

アメリカの子どもたちはスクールバスで学校に通っている。けれどもスクールバスの停留所をはじめ、どこへ行くにも、親がいちいち車で送り迎えをしなくてはならない。町の構造がそういう風になっている。公共の交通機関は、ないに等しい。アメリカは車社会、ということはよく知られていることだけれど、そのしわ寄せがこうして母親に来ているなんて、これまでは思ってもみなかったことだった。

「送り迎えだけでもたいへんなのね」

「ああ、その間に、あと二、三人の下手クソなピアノにつきあいながら、冷凍食品を解凍して、オーブンと電子レンジに放りこんで、洗濯物を乾燥機に投げこんで……。三人そろったところでディナーでしょ、あとかたづけでしょ、お風呂でしょ。歯磨きしたの！　もう寝なさい！　うるさい！　いい加減にしなさいっ！　喧嘩しちゃだめ！　わたしの毎日はこうして、運転手と家政婦とヒステリックな母親で明け暮れていくの。七歳と十歳の男の子を育てるってことは、毎日が全力疾走みたいなものよ」

ツリーの下には、子どもたちへのプレゼントが山のように積みあげられている。一年もしないうちに打ち捨てられ、見向きもされなくなり、やがてごみになってしまうプレゼントの山。子どもをもつ、ということは、そんな山を毎年、毎年、根気よく、積みあげてやることなのかもしれない。そんなことを思っている麻子の頭のかたすみに、「いつか僕たちにも子どもができるのかな」とつぶやいたときの、マイクの表情が浮かんできた。でも、マイクはそのあとにすぐ、「いや、僕は君さえいてくれたら、それでいいんだ」とつけ加えて、麻子の体をきつく抱き寄せてくれた。

「あの子たち、まだ信じてるのかな、サンタクロースの存在」

「ダニエルはまだ信じてるみたいよ。ジェフリーはきっともう、気づいてると思う。でも信じてるふりをしてる。弟のためかな。もしかしたら、わたしのためかもしれないな。アメリカの子どもたちは、けっこうみんな、そうしてるんじゃないかな。日本の子どもたちはどう？　わたしが子どもだったときも、そうしてたよ。ある年、サンタは自分の親なんだって気づくんだけれど、でも気づいていないふりをつづけてたの。何だかその方が、家族みんなが幸せでいられるんじゃないかって、そんな気がしてね。知らないふりさえしていれば、何もかもうまくいく……。そんなことが、この世の中には、けっこうたくさんあると思わない？」

　麻子はただ曖昧にうなずいた。本当は「わたしはそうは思わない」と答えたかった。でも何も言わないでおいた。何だかそのときには、そうは思わない理由を英語で理路整然と説明するのが、面倒なように思えていたのだ。

「ねえ、ところで、あのでっかい箱はいったい何なの？」

ツリーのうしろに、でーん、と陣取っている大きな箱。まるで冷蔵庫でも入っているのかと思うほど、大きい。ちゃんとクリスマスのラッピングがかけてある。箱のすみに貼られたラベルには、

〈ディア・ドロシー　愛をこめて　あなたのサンタより〉

と記されている。端正な文字。

「これって、もしかしたら例のお医者さんから？」

「ふふふ。さすがは麻子、あなたするどいわね」

ドロシーにもとうとう新しい恋人ができた。いや、できそうな気配だ、ということは、二ヶ月ほど前にもらったメールで知らされていた。そのときには、「だけどまだ知りあったばかり。恋人同士にはなっていません。もしかしたら近い将来、そうなるかもしれないけれど」と書かれていた。そんなふたりの関係が進展したことを、このクリスマスプレゼントが物語っていた。

「中身はオーディオセット。わたしがリチャードにリクエストしたの」

「おめでとう！　あなたの新しいボーイフレンドに乾杯ね！」

そう言いながら、麻子は赤ワインの入ったグラスを持ちあげた。ドロシーもつられて持ちあげた。けれども、グラスを下ろしたそのあとに、間髪を入れず、彼女はこう言った。

「だけど、いろいろな問題が山積みで、手ばなしでは乾杯できないのよ」

ドロシーは一瞬、迷子になった少女のような顔つきになった。

「えっ、どうして？」

「ほら、さっきもちらっと言ったでしょ。ダニエルがね……。むずかしいのよ、あの子は。お兄ちゃんと違って、神経質で繊細なところがあるから」

ドロシーの話によれば、リチャードは毎週、息子たちがジョージの家に行っている火曜の夜にはここに来て、泊まっていくようになっている。ジェフリーにはすでにそのことを話して、彼は納得している。だけどダニエルにはまだ話していない。彼女としては、ダニエルにもちゃんと話して、納得してもらって、それから晴れてリチャードに、ふたりを引きあわせたいと考えている。でも今はまだ、それができない。

「そうでなくてもあの子、あっちの家ではキムと険悪になってるでしょ。向こうに行ってもキムのこと無視して、口をきこうともしないんだって。きっとキムに父親を盗《と》られたような気分になってるんだと思うの。そんなときに、このわたしにも恋人ができました、なんて、とても言えない。成績も悪くなるばかりでね、こないだも担任の先生から、素行がよくないと注意されたばかりなの。授業態度もとんでもなく悪いみたいだし、友だちの文房具を隠したり、隠してないと嘘をついたり……。なんだか、怖いのよ。あの子がどんどん悪くなっていくんじゃないかと思って」

麻子はダニエルの、くるくる動く黒目がちの瞳と長いまつげを思い浮かべている。おそらく父親ゆずりなのだろう、艶のある焦茶《こげちゃ》色の髪の毛。いつもどこか憂いをたたえているような表情。底抜けに明るい感じのするジェフリーとは違って、胸の奥に、涙のいっぱい詰まった壺《つぼ》を抱えているような、そんな少年。

「家族がね、だんだん複雑になっていくじゃない？　これからはもっともっと複雑になっていく。ジョージのところには来年、赤ん坊が生まれるわけだし。赤ん坊はあの子たちにとっては、義理のきょうだいってことになるでしょ」

「複雑っていうのは、ちょっと違うんじゃないかな。確かに家族は増殖しているけれど、案外、風通しはいいんじゃないの？」

「そう？　そういえばあの子たち、離婚のことはすごくよく理解してくれたのよね。ダニエルなんて、わたしが悩んでいた時期、マミーがそれで幸せになるなら別れた方がいいよ、とまで言ってくれた。まだ五歳になったばかりだったのに。だけど、リチャードのこととなると、どうかしら。こないだもね」

ジョージの家からもどってきたダニエルが、ドロシーにたずねたそうだ。「ねえマミー。マミーはダディみたいに、ほかの人と結婚したりはしないよね。ずっと僕たちだけのマミーなんだよね」と。

「あの子たちが百パーセント受け入れてくれないかぎり、わたしとリチャードはうまくやっていけないと思っているの。それに、それもあるけど、なんだかね……」

ドロシーはほんのすこしだけ言い淀んでから、言葉をつづけた。

「自信がないのよ。あなたはどう思う？　わたしなんかに彼とつきあう資格、あるのかな？」

リチャードは近くの町にある総合病院で、専属の麻酔医として働いている。ドロシーよりも六つ年下。結婚の経験はない。

「ふたりの子持ちの、くたびれたシングルマザーでしょ。そしてアフリカ系でしょ。

いっときはアルコール依存症だったこともあったりして。よれよれなわけよ。彼はハーバード大学メディカルスクール出身の、将来を嘱望されたお医者様。ピカピカの独身。典型的な中産階級の白人よね。いいのかな、こんなわたしで、ってついつい思ってしまうのよね。彼に対して、負い目を感じちゃうの」

「負い目なんて感じる必要、ちっともないと思うけど」

と、麻子は言った。そのあとすぐに、同じ内容の言葉を力強い口調で、一語一語はっきりと、麻子は繰り返した。自分に言い聞かせるように、何かを確認するように。

「そんな必要、絶対にない。負い目なんて、感じちゃだめ。もっと自信を持って。自分に自信を持って。あなたという人は、世界にただひとりしか、いないんだから」

いつかどこかで、聞いたことのあるような台詞だと思った。

そう、それはあの日、あのとき、あの場所で、麻子の耳に届いた言葉だった。そのとき麻子は深い傷を負った体に、ぼろぼろになった心を抱《かか》えて、固く冷たいベッドに横たわっていて、麻子のそばには——。

「ねえ麻子。前から聞いてみたいと思っていたんだけれど。あなたとマイクは京都で出会ったんでしょ。京都のブックストアで。それから結婚するまでには、いったいどんなことがあったの？　日本人とアメリカ人でしょ。しかも相手はアフリカ系でしょ。いろいろ大変じゃなかった？　ご両親はすぐに彼との結婚を認めてくれたの？　あなたたちの結婚までのストーリーを、今夜はぜひ聞かせて」

麻子はふっと窓の外に目をやった。

濃紺の闇のなかに、白い雪花がふわふわ舞っている。聖夜にふさわしい風景だと思った。まるで窓ごと額縁に入れて、飾っておきたいような夜。「いいよ。喜んで」と、麻子は言った。結婚までの物語。私とマイクの。

「何もかも話してあげる」

麻子がマイクと出会ったのは、新しくできたばかりの書店で、だった。京都駅の裏手に建っていた、七階建てのビルのなか。関西でもっとも広い売場を持つブックストア、というのが開店当初の謳《うた》い文句だった。麻子はそこでアルバイトの店員として働いていた。担当は洋書売場。

ある日、マイクがそこに本を買いにきた。彼はボストンにある音楽専門学校を卒業後、しばらく音楽関係の仕事をしたあと、奨学金を得て、関西にある音楽大学に留学していた。

「コートにひと目惚《ぼ》れ」

という言い草が気に入って、麻子は今でも友人やマイクに向かって、よくこの表現を使っているのだけれど、マイクとはじめて会ったとき、彼は毛布のようにぶあつい、黒いマント型のロングコートを着ていた。麻子はといえば、白いブラウスに紺色のベストに紺色のスカート、という店員の制服姿。胸には名札もつけていた。

洋書コーナーの書棚と書棚のあいだをゆっくりと移動しながら、手押しのワゴンにどっさり積みこまれている新刊や入荷本を一冊ずつ手に取って、棚にさしこんでいく。ペーパーバックは著者のファミリーネームのアルファベット順。ハードカバーはまずジャンル別に分けてから。ハードカバーのサイズはまちまちなので、うまく棚におさめるために、いつもひと苦労する。ベストセラーや映画の原作になっている本が入荷していれば、表紙を見せる格好にして、平台《ひらだい》の上に積む。それから、返品した方がいい本を選んで、棚から抜き取る。

この仕事が、とても気に入っていた。真新しい本の表紙をながめているだけで、行ったこともない外国、外国の作家たち、映画に出てくるアメリカ、英語で愛を語る人たち、その息づかいまでが伝わってくるような気がして。

棚入れ作業の手を休めて、ふと視線を遠くにやったときだった。

麻子の立っている売場をめざして、一直線に進んでくるひとりの男の人の姿が目に入った。ひと目で、外国人だとわかった。「ああ、また来たか」と思った。それは「ああ、またやっかいな質問を英語でぺらぺらとされて、必死で訊き返したり、うまく説明できなくて恥をかいたり、赤面したりしなくてはならないんだなあ」というような消極的な気持ち。洋書コーナーで働いているから、当たり前のことなのだけれど、外国人を相手に接客することが多くて、一日にすくなくとも十回は、そんな経験をする羽目におちいっていた。

そのころの麻子にとって英語とは、辞書を引けば読むことはできても、話すことと聞くことはあまりにむずかしい、と思える言葉だった。けれども、英会話教室に通えるだけの経済的な余裕はなかった。

彼は近づいてきて、麻子に声をかけた。

「こんにちは」

日本語だった。それだけで、麻子はほっとして、何だか救われたような気分になっていた。そして、いまだに忘れることのできない、彼の第一印象。

コート姿が素敵。

颯爽としていて、その人のまわりにだけいつも、特別にすがすがしい空気が流れているような、そんな印象。

「京都市内のバスの路線図が載っている本をさがしています」

と、彼ははきはきとした日本語で麻子に話しかけた。

「はい、ございます」

麻子は即座に答えて、近くの棚から一冊の英文ガイドブックを抜き取って、手渡した。表紙を見ただけで、彼はすかさずこう言った。

「これは持っています。でもわかりにくいです。ほかのはないでしょうか?」

バスの路線図が載っている英文ガイドブックといえば、麻子にはそれしか心あたりがなかった。調べておきますね、と、麻子は答えた。毎週やってくる洋書取次店の営業の人にたずねてみよう、と思った。

「お願いします。それから、まださがしているものがあります」

彼はコートのポケットに手をつっこんで、一枚の紙切れを取り出した。そこには日本文学の作品のタイトルが五つか六つほど、不器用な日本語で、でもちゃんと正しい漢字で、記されていた。それらの作品の英訳版が出ていれば、買いたいと彼は言った。

彼といっしょになって、本をさがした。楽しい時間が流れた。

なかに一点だけ、棚には見あたらない作品があったので、それは取次店に注文を入れておく、ということにした。

「どちらから、いらっしゃったんですか？」

「アメリカです」

「アメリカのどこです？」

「生まれはイリノイ州で、日本に来る前はボストンに住んでいました。知っていますか？」

「ええもちろん。行ったことはないですけど、地名だけは。それにしても日本語がお上手ですね。日本にはもうどのくらい、お住まいですか？」

「九ヶ月です」

日本で外国人に出会ったなら、まずだれでもするだろうというような、ありきたりな質問をしたあとに、麻子はさっきから、言いたくて、うずうずしていた言葉を口にした。

「そのコート、とっても素敵ですね。お客様にとてもよくお似合いです」

「そうですか。それはどうもありがとう。これはマンハッタンの古着屋で買いました」

彼はにっこり笑って、そう答えた。麻子の目をまっすぐに見つめて。ほめられて、素直に喜んでいるようでもあった。

麻子ときたら、アメリカへは一度も行ったことがなかったし、マンハッタンとニューヨークの区別もつかないくせして「そうだったんですか。やっぱり。どうりで素敵だと思いましたよ」などと、したり顔で言葉を返した。

そのあと、ごく短いあいだ、売場に立ったままで、とりとめもない会話を交わした。

そのときにしゃべったことを、麻子はほとんど覚えていない。でも、あとで聞いた話によれば、マイクの方は、そのときの会話がすごく心に残った、という。

「新鮮で、魅力的だと思ったんだよ。言葉に情熱を感じたんだ。今までに会ったことのないタイプの人だと思った。だからもっと、この人と話してみたい。そう思ったんだよ。旅の話も、したよね」

アメリカという国には興味がない。旅するならインドに行ってみたい、そんな発言も、彼に「この人はおもしろそうな人」という印象を与えたようだった。

「それにきみには……何ていうのか、偏見がなかったし」

「偏見？」

「うん。僕のこの黒い顔を見るだろ。背の高い黒人を見るだろ。そうするとまず、おまえバスケットが得意か？　と訊く人が多いね。それから職業はミュージシャンだと言えば、ああなるほど、それでおまえは麻薬はやるのか？　とかね。アフリカ系アメリカ人というだけで、最初からそういう色眼鏡でしか僕を見ない人が多い。黒人で、まじめなサラリーマンなんて世の中にはいないと思っている奴が多い」

そう言われてみれば、麻子にはまるでそういう偏見はなかった気がする。ただ、彼の肌、髪の毛、瞳の色があまりにも美しい、と思っていた。

売場からレジに向かう前に、彼はコートの内ポケットから手帳みたいなものをさっと取り出して、さらさらと何かを書いたあと、そのページをびりびりと破って、麻子にさし出した。

見ると、そこにはへたくそな文字ではあったけれど、カタカナで「マイク」と記されていて、その下に、電話番号の数字が並んでいた。

「ありがとうございます、マイクさん。本が入荷したら、お電話さしあげます」

麻子はとっさにそう言った。そういう意味で渡された電話番号だと思った。

「つぎはコーヒーショップでコーヒーを飲みながら、話のつづきをしませんか。よかったら、ここにお電話ください。僕はいつでもいいですから」

えっ、と驚いて、彼の顔を見あげると、そこに、あたたかな茶色をした澄んだ瞳があった。彼がコートの下に着ているセーターと同じ色。甘い匂いのする秋の落ち葉の色。はにかみがちに、彼は微笑んでいた。麻子の目から、目をそらすことなく。なんてさわやかな人なんだろう、と、麻子は思っていた。お電話ください、というまっすぐな言葉。彼の瞳。彼の笑顔。それらのすべてが、麻子の頬を優しく撫でていく涼風《すずかぜ》のようだった。

「ほんとに電話してもいいんですか？」

「もちろんです。待っていますから」

「ありがとう！」

麻子は気持ちをこめて、そう答えた。

別れのあいさつとして、お辞儀をしようかな、でも、何だかヘンかな、と思っている麻子の目の前に、マイクが握手を求めて、さっと手をさし出してきた。やっぱりアメリカ人だなあ、と、おかしなところで感心しながら、麻子は彼の手を軽く握り返した。その麻子の手を、彼は麻子よりもずっと強く、握りしめてきた。そのとき、胸がときめいた。本当に、うれしかった。

こんな風に人から誘われるなんて、わたしを誘ってくれる人がいるなんて。しかもこんなにまぶしくて、まっさらな、下ろし立てのシーツみたいな微笑みをもった人から、誘われることなんて、もうないだろうと思っていたから。

去っていく彼のうしろ姿を、売場から見送ったあとで、手のひらのなかの紙片を見つめながら、けれども麻子はこう思っていた。「わたしがあの人に電話をかけることなど、決してないだろう」と。

「どうしてよ？」

と、ドロシーは麻子にたずねる。とっても無邪気に。

「どうしてそんなこと、思うわけ。わたしならすぐにでも電話するわよ。だって兄貴、かっこいいじゃん。わたし、あいつが自分の兄貴じゃなかったら、絶対に誘惑しちゃうけどなあ」

麻子は目を伏せる。自分の膝《ひざ》のあたりを、意味もなく見つめる。ドロシーは、幼い子どもをふたり抱えることになっても、夫とこれ以上やっていけないと感じたなら、耐えることよりも、泣きわめくことよりも、前向きな離婚を選ぶことのできる人。そして離婚してもなお、別れた夫とベストフレンドでいられる、そういう性格の持ち主、そういういさぎよい生き方をしている人。そんな彼女に、わたしのあのころの生活、あのころの心模様、屈折した、薄暗い情熱の在処《ありか》が、理解できるだろうか。

自分とドロシーの感情を色でたとえるならば、同じ色をしていても、その透明度はまったく異なっているように、思えてならない。それがアメリカ人と日本人の違いなのかどうか、麻子にはわからない。けれども確かに違う。ドロシーの色には、決してかからない靄《もや》のようなものが、わたしの色には常にかかっている、そんな気がしてならない。感情の湿度が濃い、ということなのかもしれない。それでもドロシーとわたしはシナジー・シスターズの間柄。

話してみよう、と麻子は思う。

書店でアルバイトをするようになる以前、麻子は京都市の東のはずれにある小さな出版社で働いていた。

おもに医学関係と法律関係の翻訳書や専門書を出している会社で、大学を卒業したあと、麻子はそこに就職した。広告宣伝部に一年半ほど勤めてから、編集部に異動になり、その間に結婚をした。大学時代からつきあっていた人と、だった。結婚してからも仕事はつづけていた。その結婚は二年もしないうちに壊れた。夫に好きな人ができたためだった。

話し合い、別居、離婚のごたごたのまっただなかで、麻子は自分の上司にあたる人との恋愛にのめりこんでいった。上司といっても、年はそんなに変わらなかった。その人には奥さんとふたりの幼子がいた。まだ「不倫」という言葉が世の中に定着していないころの、道ならぬ恋だった。

上司の名前を、安達誠一といった。

麻子と誠一は、麻子が離婚したあとに借りたアパートの部屋で、会いつづけていた。アパートは会社から、歩いて十五分くらいしか離れていなかった。ふたりの時間をすこしでも長びかせるために、麻子はわざわざそういう場所を選んで、部屋を借りたのだった。

　今でも、そのときのことを思い出すと、麻子は苦笑いをしてしまうのだけれど、部屋さがしを始めた麻子は、最初にたずねた不動産屋で、写真だけを見て、実際にアパートは見にいかないまま、その日のうちにその場で契約を結んだ。不動産屋の青年は目を丸くして「ほんまに、ええんですか？」と訝《いぶか》しそうだった。「いいんです」と、麻子は答えた。

　会社から近ければ、それでよかった。近ければ近いほど、よかった。部屋の間取りとか、日あたりとか、まわりの環境とか、そんなことはすべて、どうでもよかった。麻子の気持ちはそれだけ切羽詰まっていたし、「安達さんと会う」ということ以外のことには、まったく関心を持てなかった。人生の大部分が麻痺《まひ》していたようなものだった。

　退社してから、大津市にある自宅にもどるまでの数時間を、誠一は麻子のアパートで過ごした。ごはんを食べたり、お風呂に入ったり、テレビを見たり。結婚しているカップルそのままに。出勤前にやってきて、いっしょに朝食を食べてから、出社する日もたびたびあった。真夜中、布団のなかで「帰らないで」とめそめそ泣いている麻子を残して、無言で身じたくを整え、たいてい最終電車かタクシーで、妻子の待つ家にもどっていくことをのぞけば、誠一と麻子はごく普通の、仲のよい夫婦といってもいいようなふたりだった。

アパートの大家や近所の人たちは麻子のことを「奥さん」と呼んだし、誠一は「ご主人」と呼ばれていた。

「子どもたちが大きくなって、話せば事情がわかるような年ごろになったら、かならず」

と、彼は言った。それが、彼の口ぐせのようなものだった。「離婚して、麻ちゃんといっしょになる」。麻子はその言葉を信じた。二十八歳だった。男の嘘を信じる以外に、いったい麻子に何ができただろう。

どこにでもあるようなお話。

そのへんに転がっている石ころのように、月並みな。確かにそうかもしれない。だが、自分を見失うほどだれかに、恋したことのある人ならきっとわかるはずだと、今でも麻子は思うのだけれど、麻子にはその路傍の小石が、輝いて見えた。自分の残りの人生をすべて、明け渡してもよいと思えるくらいに。

誠一は、担当している本の校了日が近づくと、会社に泊まりこんで仕事をする、と、妻子に嘘をついて、麻子の部屋に泊まりにきた。毎日が校了日だったらいいのに、と願いながら、麻子は校了日を待ちこがれた。

指折り数えて、待ちこがれて、待ちこがれて、やっとその日がやってくる。たいてい一泊か、二泊。朝までいっしょにいられる、なんという幸せ。

だけど、そうした幸せの直後にやってくる落胆は、不幸そのものよりも、不幸だった。

幸せと不幸せが交互にやってくる、ジェットコースターのような生活。

おだやかで、落ちついていて、安らいでいる、そういう感情を持てない日々。

まっ暗な崖《がけ》の底に落ちているか、空の雲を突き抜けたところにある黄金色の楽園に浮かびあがっているか、誠一と過ごす時間は、そのどちらかなのだった。

子どもが熱を出したから。

幼稚園から呼び出しがかかって。

父兄参観日があるから。

そんな理由で、誠一はよく、麻子との約束をすっぽかした。そのたびに、麻子は世界のすみっこにぽつんと取り残されて、まるで捨てられた子猫のようにうずくまっていた。

「あと一時間だけでいいから、いてよ。お願い」

「悪いなあ、今日はどうしても」

「帰らないといけないわけね。向こうに」

「つぎに会うとき、この埋め合わせはきっとするから」

「つぎなんていやなの。埋め合わせなんかほしくない。今夜じゃなきゃ、だめなの。今夜ここにいてくれなきゃ」

「そんな、わがまま言うなよ。俺だっていろいろと……」

「わかった！　もういい。じゃ、さっさと帰って。今すぐ帰って。もう二度と……」

ここへは来ないで、とは、どうしても麻子には言えないのだった。

やがて、ふたりの関係は会社の人々に広く知れわたることになり、麻子は退職に追いこまれた。社長室に呼び出されて、自主退職するように、ほのめかされた。こういう場合、辞めざるを得なくなるのは女の方だけ、ということは、そのときに思い知らされた。

「会社とは組織ですから、やはり秩序というものが必要なわけでして」

麻子はその秩序を乱す人間、ということだった。何とも思わなかった。くやしいとも、恥ずかしいとも。

「わかりました。お世話になりました」

と、麻子は社長に頭を下げた。会社に、未練は微塵《みじん》もなかった。会社も、仕事も、どうでもよかったし、人に何と言われようと、気にもならなかった。「うしろ指をさされる」という感覚は、実際にそういう状態――うしろ指をさされるようなことをやっている最中――にいるときは感じないものなのだということも、そのころ知った。麻子の地球は、誠一と過ごす時間、を中心にまわっていた。それ以外の時間は、時間ですらなかった。

しばらくのあいだ、失業保険で暮らしていた。「シナリオライター養成講座」「小学校教員免許取得のための通信講座」「インテリア・コーディネーターになるためには」などというようなパンフレットを取り寄せては、ぼんやりとながめてはいたけれど、どれにも申しこむ気にはなれなかった。

保険も切れそうになってきたある日、就職情報誌でも買おうと思って立ち寄った書店で、窓ガラスに貼られていた「アルバイト募集」の広告を見つけた。仕事を得たい、というよりは、誠一と会えない時間、うまく流れてくれない時間、麻子にとっては人生のなかの空白ともいえるような時間を、仕事でもして埋めたい、というような思いで、応募することにした。その日のうちに、となりにあった文房具店で履歴書を買って、喫茶店で書きこみをして、書店の事務所をたずねた。そうでもしないと、また気が変わってしまいそうだったから。ちょうど洋書売場に欠員が出たばかりだったらしくて、面接を受けたその場で採用が決まった。

翌日から、書店で働き始めた。早番の日は九時から五時まで。遅番の日は十二時から八時まで。

誠一とはもちろん、狂ったように会いつづけていた。会社を辞めてからの方が、人目を気にしなくてもよくなったせいか、ふたりの感情はよりいっそうエスカレートしたような、そんな気がした。日曜日に「煙草を買ってくる」と言って家を出て、誠一は車を飛ばして麻子に会いにきたりした。まさに、歯止めをなくした、という感じだった。あるいはすでに、終局に向かって走り始めていたのか。以前は決してしなかったこと――手をつないで散歩したり、自転車のふたり乗りをしたり、映画に出かけたり、駅まで出迎えや見送りにいったり、そういうことも堂々と、するようになっていた。外で食事する回数も増えたし、短い旅行をしたりもした。そのころから、アパートには無言電話がよくかかってくるようになっていた。

マイクと出会った日、電話番号を書いた紙切れをもらったとき、麻子はそういう暮らしをしていた。

どうして彼に、電話なんて、できる?

「でも、あなたは電話したのよね?」

そう言いながらドロシーは、空になった麻子のグラスに、赤ワインをなみなみと注いでくれた。テーブルに並んだ料理の皿も、ほとんど空になっていた。

「うん、電話した」

「イエス! そうこなくっちゃ」

ドロシーは自分の膝をポンと叩いた。

麻子はマイクに電話をかけた。

四条烏丸《からすま》にあったデパートの一角に、ずらりと並んでいた黄緑色の公衆電話のひとつから。

二月のはじめだった。粉雪が舞っていた。比叡《ひえい》おろしという名の寒風が、山から下りてきて、京の町を底からさらっていくように、容赦なく、吹き抜けていた。

誠一が、妻と子どものいる家で過ごしている日曜の夕方だった。麻子は日曜日にはかならず、朝から書店で働かせてもらうようにしていた。日曜日にひとりでアパートにいたなら、気分が憂鬱になるのはわかりきったことだったから。残業は率先して引き受けた。早番で出勤して、だれよりも遅くまで店にいたいくらいだった。

アルバイトを終えて、まっすぐアパートにもどる気にはなれず、バスで河原町まで出て、あてもなく通りをさまよったあと、公衆電話にゆきついた。麻子がだれかに電話をかけるとしたら、それは日曜か祭日か、そのどちらかしかなかった。世の中の人々が家族といっしょに過ごすと決まっている日には、麻子はいつもひとりぼっちだった。さびしくて、さびしくて、たまらなかった。

だからマイクに電話をかけた。誠一との関係はまだ終わっていなかった。その関係を終わらせてから電話をかけるほどの勇気を、麻子は持ちあわせていなかった。弱い人間だった。途方もなく弱く、ずるい人間。夫との離婚だって、誠一との恋愛がなかったら、できなかったかもしれない。そういう人間が、過去の麻子の人生のなかに、確かに存在していた。

そのことを、今の麻子は決して忘れたくないと思っている。自分に向ける刃として、思い出すのではない。いうならば、壊れたものを修理して、大切に使う、という風にして、思い出したいのだ。自分で自分をいじめて、傷だらけになっていた過去の自分を、全面的に肯定することによって、今の自分を愛したいから。自分を愛することができなければ、人はどんな他人も愛することができないと思うから。

電話に出たマイクは、麻子からだとわかると「あっ」と声をあげて驚き、驚きはたちまち喜びに変わった。

彼の声はあたたかかった。飾り気のない言葉は終始、無邪気な喜びに彩られていた。その喜びが麻子の体に染みた。彼が頻繁に口にした「嬉しい」という日本語。それは、荒れ果てて、ささくれだっていた麻子の心をふんわりと包んでくれた。柔らかい毛布のように。急に雨が降り始めたバス停で、だれかがさしかけてくれた傘のように。

「このあいだ、注文していた本を取りにいったとき、あなたをさがしたんですけど……いませんでしたね」

と、マイクは言った。

そう、その日はたまたま、麻子は仕事を休んでいた。

「わたしのこと、さがしてくれたの？」

「はい」

「さがしてくれたんだ？」

「はい」

「ほんとに？」

「ほんとです」

訊き返さずにはいられなかった。わ、た、し、の、こ、と、を、さ、が、し、て、く、れ、た、人、が、い、た。そのことを、麻子は何度でも確認したかった。そうして、麻子は気づいた。今までずっと、自分をひとりぼっちにして、うしろ姿を見せて、去っていくような人とばかりつきあってきた、ということに。

麻子は受話器を握りしめ、電話線の向こうにいるマイクに向かって、叫び出しそうになっていた。

　わたしはここにいる。

　わたしは、わたしを待ってくれている人に向かって、さがしてくれていた人に向かって、前を向いて、走っていきたい。まっすぐに。

　その電話で、麻子とマイクは週末に会う約束をした。

　京都駅の駅ビルの地下のコーヒーショップで待ち合わせをして、そこから地下鉄に乗って、京都御所まで出かけた。マイクはその日も、麻子がひどく気に入っていた、マントのようなコートを着ていた。御所のなかを散歩したあと、枯れて薄茶色になった、でも冬の太陽がさんさんと降り注いでいる芝生の上に並んで、腰かけた。

　ふたりとも夢中で話した。

　アメリカで生まれ育った人間と日本で生まれ育った人間だから、話すことはあり過ぎるほどある。アフリカ系アメリカ人と日本人だから。男と女だから。訊きたいことも、教えてもらいたいことも、聞かせたいことも、教えたいことも、いっぱいある。

　気がついたら、日が暮れかかっていた。

　ふたりは木枯らしの吹きすさぶ鴨川沿いの道を歩いて、河原町二条にあったピザ屋に入った。ホンキートンクという名の店。「大学のバンド仲間とよく来ます」とマイクが教えてくれた。店に入ると、カウンターのなかにいたオーナーらしき男性が、「いやあマイクさん、今日は彼女を連れてきはったか」

と、声をかけた。それに対してマイクが、照れもしないで、まじめに「はいそうです」と答えたのがほほえましかった。

かたいテーブルの上で、一枚の大きなピザを分けあって食べた。ワインを飲みながら閉店まぎわまで語りあった。最後に、彼はチョコレートケーキを注文し、麻子はエスプレッソを頼んだ。

「マイクさんって、甘いお菓子が好きなのね？」

「アメリカ人男性は例外なく、好きですよ」

「ほんと？」

「ほんとです。だったらそれを証明するために、あともうひとつ、チョコレートケーキ、注文してみせましょうか？」

「そんなの、あなたのお菓子好きを証明しているだけじゃない」

他愛ない会話が、麻子には楽しかった。

マイクはそのとき、大学生時代につきあっていたガールフレンドとのいきさつを率直に打ち明けてくれた。彼女は「結婚したらすぐにでも子どもがほしい」と主張する人だった。だから卒業と同時に、やむなく別れることになった、とマイクは言った。

「僕の頭は日本に留学することでいっぱいだったし、だいたいそんなに早く結婚したくなかった。それに、その人とは政治上の意見があわなくてね。彼女は保守派支持で、僕はそうじゃなかった。おそらくあのままつきあっていっても、いつかはそこから亀裂が広がっていっただろうと思う」

「アメリカの恋人たちって、政治的意見の相違で別れたりするんだ？」

「めずらしい？」

「日本には例外なく、そういうカップル、いないと思う」

「証明できる？」

ふたりは笑った。ふたつめのチョコレートケーキを、ふたりで分けあって食べながら。麻子は誠一については、何も話さなかった。マイクからたずねられても、その日はまだ正直には、話せなかっただろう。しかし、遅かれ早かれ、いつかすべてを話す日が来るだろうと、予感していた。マイクのきらきらした瞳に見つめられていると、不思議なことに、自分の濁《にご》った気持ちがしだいに澄みきってくるような気がした。つまりマイクには、人を浄化してくれるような、何かがあった。

店を出て、ふたたび肩を寄せあって、歩いた。河原町通りを北に向かって。

京都の二月はあまりにも寒くて、足もとから、コートの裾から、冷たい風がびりびりと電流のように這いあがってくる。けれども、麻子はちっとも寒くなかった。寒さはふたりを寄り添わせてくれた。そういう季節に、京都の寒さに、麻子は感謝したいくらいだった。

マイクがふいに麻子の手を取って、そのまま自分のコートのポケットのなかにつっこんだ。コートのポケットのなかで、ふたりはたがいの手を握りしめていた。それから手袋をはずして、麻子とマイクはきつく、指と指をからめあった。恋が芽生えた、と麻子は思った。


麻子の三十回めの誕生日が近づいていた。

「最後にあと一度だけ、いっしょに食事をしてくれないかな」

三月のある日、アルバイトからもどってくると、アパートの階段の影のなかに、誠一が立っていた。残業の途中で会社を抜け出してきて、麻子の帰りを待っていたようだった。

別れてから、ほぼ一ヶ月が過ぎていた。

麻子はほんのすこしだけ迷って――いや、迷った風を装って、

「ありがとう。せっかくだけど、でも、やめておく。もう会わない方がいいと思うから」

と、つぶやくように言った。

「誕生日に、ごちそうしたいと思っただけなんだけど」

さびしそうな笑みを浮かべて、彼はそう言った。

「ありがとう。でも……」

誠一という人を、嫌いになったわけでは決してなかった。憎んでいるわけでもない。だけど、彼の背後に常に存在していた彼の家庭を、麻子は彼とつきあっているあいだ、ずっと、激しく憎悪していた。きっとその憎しみ、麻子の心のなかに巣くう負の感情、そこから噴き出してくる毒に、麻子は蝕《むしば》まれていたのだ。

自家中毒。別れる直前にはそれが、限界に達していた。限界などとうに、超えてい

たのかもしれない。結婚している人を好きになってしまった人は、たいていそれに殺《や》られてしまう。麻子も例外ではなかった。

麻子は誠一とつきあっているあいだ中、どうしても、自分自身を愛せなかった。おそらくこの世でいちばん不幸な人間は、そういう人間だろう。自分を好きになれない人間。不幸の根は、麻子の体のなかに生えていた。

誠一に別れの決意を告げたとき、彼はいともあっさりとそれを受け入れた。拍子抜けするくらいだった。二日後にはもう、麻子の部屋から彼の荷物はすっかり消えていた。郵便受けには、鍵だけ入った封筒がぽつんと、忘れ物のように残されていた。まるで麻子から、別れ話が切り出されるのを待っていた、といった風でもあった。もしかしたら、誠一も麻子以上に、疲れ果てていたのかもしれない。

それなのに、なぜ今日はここへ？

「どうしても、だめかな」

「ごめんね。気持ちだけありがたく、受け取っておく」

マイクと麻子は、週末になるたびに自転車で小旅行をした。

京都の北部にうねうねと広がる山地、その山あいにひっそりとたたずむ小さな村や里、名もない寺や神社を、自転車でたずねてまわった。麻子はそのためにわざわざサイクリング用の自転車を買い求めたのだった。

そうして、四つの季節がめぐり、麻子は書店のアルバイトのかたわら、大阪にあった英語学校に通い始めていた。マイクは京都での留学生活の最後の一年を迎えていた。

ふたりで過ごす二度めの夏がやってきた。葵《あおい》祭り、祇園《ぎおん》祭り、五山の送り火。むしあつい夏の夕暮れ時。自転車旅行からもどったあと、ふたりで、マイクの下宿の近くにあった銭湯に出かけた。その帰り道だった。

「いっしょに暮らさないか」

マイクがそう言ったとき、麻子は迷いもしないで「うん、いいよ」と答えた。

留学を終えたあと、すぐにはアメリカにもどらないで、しばらく日本に残り、何らかの仕事を見つけて働きたいと思っている、ということは、すでに聞かされていた。それでもいつかはアメリカにもどって、ふたたび音楽関係の仕事につきたいという希望を持っている、ということも。けれども、そのころの麻子には、先のことなんて、将来のことなんて、明日のことさえ、どうでもいいことのように思えていた。一日一日、この一時間、この一分一秒が、大切だった。その日その日が、息苦しいほどに、幸せだった。未来が流れこんでくるすきまもないほどに。

だから、麻子は「いいよ」と言ったあとに、こうつづけた。

「そうすれば、お風呂屋さんからもどったあとも、ずっといっしょにいられるものね」

目先の幸福だけで、麻子は満たされていた。

いったいだれから聞かされたのか、実家の両親からある日突然電話がかかってきて、「黒人とつきあっているなんて、信じられない。勘当だ」と言われた。それに対して麻子は「あ、そう」とだけ答えた。悲しいとも、くやしいとも、情けないとも、思わなかった。そんな両親なら、こちらから喜んで勘当されたいくらいだった。反対に、マイクの両親は麻子のことを、すでに自分の娘のように思ってくれていた。アメリカから届く手紙には、麻子がいつアメリカに来てくれるのか、待ち遠しくてたまらない、というようなことばかりが書かれていた。

ふたりで不動産屋をまわって、高野川と賀茂川が出会って、合流して鴨川になるあたり、出町柳《でまちやなぎ》というところに、古い借家を見つけた。三軒がくっついた格好で建っている家のまんなか。壁一枚、隔てただけの両どなりには、在日韓国人の家族が暮らしていた。人情味あふれる人たちだった。ただ家を見学にきただけのふたりを、まるで旧知の間柄のように歓迎してくれた。

一階に台所と四畳半の部屋があって、二階には、三畳と四畳半のふた部屋があった。なんだか笑いたくなるくらいに、狭かった。風呂はついていなかった。庭もなかった。壁越しに、となりに住んでいる人の話し声が聞こえてくる。窓からのながめもない。

だけどふたりは、その家がひと目で気に入った。玄関のドアの前に打ち捨てられているプランターのなかで、やせ細った植物が、息も絶え絶えになりながら、それでも死なないで、茎を伸ばそうとしていた。その植物にいっぱい水をやって、来年はきっと花を咲かせてやろう、と、麻子は家を振り返りながら思った。

引っ越しを三日後に控えたその日。

夕方、引っ越しの見積もりにきた業者を見送ったすぐあとに、部屋のドアをノックする音がした。麻子はとっさに、業者が何か忘れ物でもしたか、あるいは、言い忘れたことがあって、もどってきたのだろう、と思った。

ドアを開けるとそこに、見知らぬ女の人が立っていた。

「川島さんですか？」

と、その人はか細い声で言った。小花模様のワンピースにベージュのジャケット。新興宗教の勧誘か、ＮＨＫの集金か、それとも保険の外交なのかな、などと思いながら、麻子は答えた。

「はい。川島ですけど」

麻子が答えたのと同時に、彼女の上半身がふらっと前に傾いてきた。まるで気分が悪くなって、麻子の胸に倒れかかってきたかのようだった。麻子は一瞬「だいじょうぶですか？」と思い、実際にその言葉を口にしたのを覚えている。が、そのあとの記憶はとぎれとぎれで、曖昧だ。

左の脇腹に引きつれるような激しい痛みを感じて、麻子はその場にしゃがみこんでいた。両手に、なまあたたかい感触があった。にもかかわらず、それが血液だという認識はなかった。ただ、息をするのがとても苦しかった。うんうんと声を出してうなっていた。口で息をしながら、助けを求めてドアの外に出た。さっきの女の人が階段をかけ降り、小走りに去っていくのが見えた。何とかして立ちあがりたいと思っているのだけれど、どうしても、立てなかった。
コンクリートの通路の上にくずおれたまま、麻子は走り去っていく女の人を見つめていた。あなたはだれ？　なぜ、走って逃げるの？　彼女の髪の毛は逆立っていた。その奇妙な頭髪は、病院の固い寝台の上で目覚めたとき、麻子がまっ先に思い出したものだった。

思い出して、それから、怖かった、とあらためて恐怖を感じた。
目を開けると、視界全体にぼーっと霧がかかったようになっていた。部屋のなかが薄暗かった。そのせいで、麻子はてっきり今は夜なんだろうと思った。実際は翌日の朝になっていた。刺されたあと、病院に運ばれて、麻子は脇腹を七針縫う手術を受けていたのだった。後頭部を、見えない手で引っぱられているように眠くなってきて、眠ろうとするたびに「眠ってはだめ」という声が聞こえてくる。麻酔から醒める直前には、そんな夢を見ていた。

誠一と別れて、一年以上が過ぎていた。だから警察の人がやってきて、その人から「アダチケイコさんという方をご存じですか」と問われたときにも、麻子はとっさに「いいえ知りません」と答えていた。

麻子を刺したのは誠一の妻だった。おもちゃのように見える果物ナイフで。刺したあと、駅前の交番に自首した。そのとき麻子はすでに、アパートの住人が呼んでくれた救急車で病院に向かっていた。

「オーマイガーッ！」

ドロシーは叫びながら、自分の顔を両手でおおった。

麻子は話をつづけた。

「お見舞いにきてくれたマイクの顔を見たとたん、目から涙があふれ始めて、それはなかなか止まらなかった。涙が固まってしまって、まぶたが開かなくなるほどだった。すごく悲しかった。こんなことになってしまって、すべてがめちゃくちゃになってしまって、マイクとの楽しかった日々も、これからの幸せな日々も、何もかもが壊れて、終わりになってしまったんだって、思ってた」

ドロシーは静かに立ちあがって、麻子のそばまでやってきた。となりに腰かけて、両手を伸ばして麻子の肩をそっと抱き寄せてくれた。彼女の髪の毛のなかから、かすかに、ラベンダーに似たシャンプーの香りがした。抱擁する、抱擁されるという行為は、こういうときのためにあるのかもしれない。そんな気がした。人と人が優しく抱擁しあう、アメリカのこの習慣が好きだ、と麻子は思った。

「マイクを愛する資格なんか、なくなってしまったって、思ってた」

だけど、と、麻子は言葉をつづけた。

「それは違ってた」


ずっとあとになってわかったことだったけれど、誠一は麻子と別れたあと、出版社に出入りしていた印刷会社の若い女性社員と、つきあい始めたらしかった。この人とは、本気でいっしょになろうと、彼は考えた。

その日、離婚話のようなものを切り出された誠一の妻は、思い余って、麻子のアパートをたずねてきた。夫の愛人は川島麻子である、と彼女はまだ思いこんでいた。

「気がついたらドアの前まで来てしまっていた。どうして手にナイフを持っていたのか、無我夢中だったので、まったく覚えていない」

と、誠一の妻は取り調べの警官に対して、語ったという。

麻子の名前や住所は、以前、調査を依頼した興信所の調べによって、すべてわかっていた。刺すつもりはなかった。しかし、気がついたら刺してしまっていた、そういうことだった。彼女は軽度の鬱病にもかかっていた。これらは彼女の弁護士の話。

病院のベッドに横たわり、染みだらけの薄汚れた天井と灰色の壁を見つめながら、わたしは加害者でもある、と、麻子は強く感じていた。彼女が加害者であると同時に被害者でもあるのと同じように。

わたしはたまたま、刺される側にまわったけれど、もしかしたら、わたしが奥さんを刺していた可能性だって、じゅうぶんにあった。

つまりそういう関係を、そういう日々を、麻子は二十八歳から二十九歳にかけて、もちつづけてきたのだ。

「だからどうだっていうの？　僕が好きなのは現在のきみだよ」

マイクはそう言って、麻子を慰めてくれた。きみはこのことで自信をなくしたり、自分を責めたりする必要はちっともないんだよ、と。麻子の手を握って、一生懸命、言葉を積み重ねてくれた。

「できごとというのは、いつだって、中立地帯に存在しているんだ。僕はそう考える」

と、マイクは麻子の枕もとに座って、麻子の髪の毛を撫でながら、言った。頭のなかで、英語から日本語に翻訳しながら、彼は話しているようだった。そのような日本語だったからこそ、麻子の怪我の傷口には効いたのかもしれない。

「どういうこと？」

「何ていうのかな……。あるできごとが起こる、そしてそれが、どんなに不幸なできごとであっても、そのできごとは常に、中立地帯に存在している。つまり、できごとときみとのあいだには、一定の空間というのがあって、直接つながっているわけじゃないってこと。きみは不幸な事故には遭ったけれど、そのことによって、きみ自身やきみの尊厳が、失われるわけじゃない。きみはきみだ。できごとはできごとだ。僕の言ってること、わかる？」

果てしなく長い時間をかけて、はじめて理解できる言葉というものが、できごとというものが、この世には確かにある。それらを理解するために、その人の一生がかかってしまう、ということだって、あるだろう。

麻子は刺された。体も、心も、傷ついた。けれども、麻子の存在も、魂も、人格も、損なわれていない――。

そのときの麻子には、そこまではわからなかった。ただ、マイクが必死になって、自分を励まそうとしてくれている、その気持ちだけが痛いほどに、伝わってきた。

しばらくしてから、麻子は気づいた。気づいたというよりは、悟ったという方が近いかもしれない。マイクにはじめて会ったときに感じた、あのさわやかさは、こういう考え方が根底にあったからこそ、感じられたんだ、と。マイクの澄みきった心を支えている、とても強くて、固いもの。それは、彼が心の痛みと体の痛みを自身の力で乗り越えたのちに、獲得したものなのだ、と。

いつだったか、マイクはこんなことを言っていた。ふたりで買い物に出かけたアメリカのショッピングモールの駐車場で、突然警察官から尋問を受け、身分証明書の提示を求められた、そのあとに。

「尋問されても、差別されても、俺はつぶされないよ。へこたれない。できごとはできごと。俺は俺だからね。わかる？」

力強く、麻子はうなずいた。

「わかるわ」

と。

「長くなったけれど」

　話し終えて、麻子は言った。

「わたしからのささやかな贈り物。それはあなたに、負い目なんて感じないで、リチャードとまっすぐに、向かいあってほしいってことかな。マイクがわたしにしてくれたように」

「ありがとう、麻子。わたしのシスター。あなたからすばらしいクリスマスプレゼントをもらったわ」

　麻子とドロシーは立ちあがってキッチンに行き、お湯をわかして紅茶を淹れた。ティバッグのハーブティ。ドロシーはカモミール。麻子はペパーミント。それからまたリビングルームにもどって、クッキーをかじりながら、そのあともおしゃべりをつづけた。もみの木のてっぺんに佇んでいる天使の人形が、姉妹の話を静かに聞いていた。

　ツリーのそばの丸テーブルの上には、クッキーを山盛りにした大皿が置かれている。そのとなりには人参を丸ごと三本並べた皿とミルクの入ったグラス。グラスのそばには二枚の封筒がそっと、添えられている。

クッキーは今日の午後、麻子とジェフリーとダニエルの三人で大騒ぎをしながら、小麦粉と卵とバターとチョコレートとナッツ類をねりあわせて、焼いたもの。三角と丸と四角と。星と三日月ともみの木と雪の結晶と。大きさも形も不ぞろいのクッキーが、思い思いの方向を向いている。

封筒のなかには、ジェフリーとダニエルがサンタクロースにあてて書いた手紙が入っている。サンタは今夜ここにやってきて、クッキーをたらふく食べて、ミルクを飲みながら、ふたりの手紙を読み、それらに返事を書いて、トナカイに人参を与えたあと、プレゼント――しかも彼らが手紙のなかでリクエストしている品とほぼ同じもの――をどっさりと置いて、去っていくことになっている。

しゃべり疲れて、そろそろ眠ることにしたふたりは、ベッドに入る前に、サンタクロースから子どもたちへの返事の手紙を書くことにした。ドロシーが取りあげたのはジェフリーの手紙だった。麻子は残されたダニエルのものを開けた。

アルファベットが手をつないで、楽しそうにダンスを踊っていた。

親愛なるサンタクロースさま

ぼくは毎日小学校で、まじめに勉強しています。野球ではファーストを守っています。家ではマミーの手伝いをたくさんしています。それではぼくのほしいものをリクエストします。ビートルズの特大ポスターとCD。バスケットボールゲームのソフト。ナイキの新しいランニングシューズ。独立戦争の写真集。以上です。このクッキーはぼくが、お兄ちゃんといっしょに、アサコに教えてもらいながら、つくりました。いっぱい食べてください。サンタクロースさま、ぼくの家にきてくれてありがとう。ぼくのおねがい。マミーに、新しいボーイフレンドを連れてきてあげてください。

愛をこめて
ダニエル

出口のない森

“I’ve got something to say.”

「願ってもないことね」

十月のはじめの連休を間近に控えて、その小旅行の計画を夫のトムから告げられたとき、かすみは、過去にトムからもらったどんなものよりもこれはうれしい贈り物だと思った。

キャッツキル・マウンテンハウス。

それが山荘の名前だった。トムは長年、この山荘のオーナーの顧問弁護士をつとめている。オーナーは男性同士のカップルだという。彼らは連休に仲間を集めてパーティを開くので、トムにも「奥さんといっしょに泊まりがけで遊びにこないか」と声をかけてくれたのだ。

急峻《きゅうしゅん》な山脈に抱かれた高原のリゾート地。ニューヨークシティからわずか二時間半。春は釣り、夏は川下り、秋は登山、冬はスキー。名物はアンティーク。四季折々の森とカントリーライフの楽しみがいっぱい。

トムから手渡されたパンフレットにはそんな謳い文句が並んでいた。

かすみはさっそくニューヨーク州の地図を広げて、指で地名をひとつひとつ押さえながら、山荘のある場所を探しあてた。キャッツキル山脈は、マンハッタンからまっすぐ北にあがったところにあった。スライド・マウンテン、ハンター・マウンテン、ビッグインディアン・マウンテン、ピーカムース・マウンテン、ツイン・マウンテン……。三千五百フィート級の山々が、地図のなかで重なりあっている。

たとえ三日間でも、都会から脱出できることがうれしかった。行き先には森がある、というのもよかった。森へゆく、そう思っただけで、心が浮き立つようだった。いつも何かに追い立てられているように忙しい日常と、大都会の喧噪《けんそう》から逃れて、樹々のなかでのんびり過ごせば、ささくれだった心もすこしは癒《いや》されるのではないか、そんな気がしていた。

出発前の数日間は、ひとりでいても自然に頬がゆるみ、口笛が口をついて出た。口笛を吹いていると、子どものころに読んだ一冊の絵本が頭に浮かんできた。『森はなにいろ』というタイトルの絵本だった。

森のなかにはさまざまな動物たちが暮らしていて、みんなで、ひとつの大きな輪をつくっているのです、というようなお話。ページをめくるごとに、動物たちの姿が増えていく。最後の見開きには、ありとあらゆる種類の動物で埋め尽くされた森のまわりを、ぐるりと取り囲むようにして、虹の絵が描かれていた。絵を描くのが大好きだった少女の心に、その虹の絵は焼きついた。そして三十年以上が過ぎた今でも、虹色の森はかすみの心のなかにひっそりと横たわっている。

ハドソン河にかかるジョージ・ワシントン・ブリッジには、翌日からの連休を前にして、マンハッタンを抜け出そうとする人々の車が数珠つなぎになっていた。だが、やっとのことで橋を渡って、北へ向かう高速道路パリサイド・パークウェイに乗ると、それまでの渋滞などまるで幻の風景だったかのように、車の流れはスムーズになった。しだいに暮れてゆくハイウェイを小一時間ほど走ってから、かすみはレクサスGS300のハンドルを握って、まっすぐ前を向いたまま、助手席にすわっているトムに声をかけた。

「ねえトム。パリサイドの出口、9Wだったよね」

この高速は途中でいったん降りて、スルーウェイと呼ばれる別の高速道路に乗りかえることになっている。スルーウェイをさらに一時間あまり走れば、そこが目的地のキャッツキル。

かすみは目だけを動かして、トムの方をちらりと見やった。三十八歳の弁護士は、右手をこめかみのあたりに添えたまま、何か考えごとでもしているような格好で、ドアにもたれて居眠りをしている。かすかに開かれたくちびるから、寝息がもれている。ネクタイをゆるめながらそのまま眠りに落ちたのか、左手はネクタイのはしの方をつかんだままになっている。

疲れているのね、と、かすみは当たり前のことを思った。

昨日も一昨日も事務所に泊まりこみだった。夜を徹して、仕事をしていたのだろう。事務所始まって以来の大きな訴訟を抱えている、ということだけは、かすみも聞かされて、知っていた。しかし訴訟の内容などについては、いっさい訊かないし、聞かされない。ここ数年、それがふたりのあいだでは暗黙のルールみたいなものになっている。

昔はできるだけ聞きたい、知りたい、と思っていた。夫がどういう仕事にかかわっているのか。そのために頭を悩ませているのであれば、それを共有するのが愛情だと思っていた。今は、知りたいとも聞きたいとも思わない。聞けばうんざりするだけだとわかっているから。

疲れているのね、とは思ったけれど、そのあとに「かわいそうに」とは思えない自分が存在しているのを、かすみは知っていた。疲れているのね、のあとには、でもあなたの好きな仕事でしょ。好きでやっているんでしょ。仕事が忙しくなければ弁護士とはいえない、だったよね？　そんな言葉がつづいてしまうのだ。

『拳闘士の休息』

助手席で眠っている男をモデルにして絵を描《か》いたならば、そんなタイトルがふさわしいかもしれないな、と、かすみは思う。

思い起こせば自分のために、あるいは自分の好きな絵を描くために、絵筆を握らなくなって、久しい。絵を描くための時間がない、というわけではない。けれども、時間さえあれば描けるというものでもない。ようするに「絵を描きたい」と思えるような、心の余裕がない、ということなのだ。

美術系の短大を出たあと、織物や布地のデザインをあつかっている会社に就職してみたものの、どうしてもあきらめきれず、ふたたび絵画の道を志して、ニューヨークに渡った。二十六歳のときだった。三ヶ月ほど英語学校に通ったあと、コロンビア大学の美術学部に編入した。

アルバイトをしていたコーヒーショップで、トムと知りあった。トムはそのころ、同じコロンビア大学のロースクールに通う大学院生だった。

目と目があった瞬間、恋に落ちた。友だちにトムとの馴れ初めを話すとき、かすみはいつもそんな風に表現したものだったけれど、それは本当にその言葉通りの出会いだった。

はじめて出会ったその日の夜に、かすみはトムの部屋で、トムの腕に抱かれていた。そして朝までトムのとなりで眠った。今でもあれはごく自然ななりゆきだったと思う。それにしても、どうしてふたりはそんなにたやすく恋に落ちたのか。

それはきっと、わたしたちがあまりにも異なった世界の住人だったから。もっと知りたい、もっと知ってほしい、と、おたがいに対する好奇心でいっぱいだったから。

トムと出会ったばかりのころを振り返るとき、かすみはいつもそんな風に思う。

アメリカに渡る前に別れた日本人の恋人とは、学生時代からつきあってきた。彼もかすみと同じように、絵画に取り憑《つ》かれた人だった。会えばいつも美術の話をしていた。もしかしたら、美術以外の話題がふたりのあいだにのぼったことは、なかったかもしれない。それゆえに、かすみも彼も、ときおり行き場のないやりきれなさにとらわれることがあった。いっしょにいても心からくつろぐことができない。たえず相手が何を思い、考えているのか——それはたいてい絵のことを考えているわけだけれど——わかってしまう、わずらわしさ。

大学を卒業してからは、かすみは、絵画をあきらめて普通の会社員になってしまった彼をどういう風に愛したらいいのか、わからなくなってしまったし、彼は彼で、かすみを平凡な家庭の奥さんにしてしまっていいのか、悩んでいたようだった。

トムという人は、絵画とは美術館で鑑賞したり、画廊で買い求めたりするものではあっても、決して自分で描くものではない、と思っているような、そういう人だった。だからかすみはトムのそばにいると、安らげた。トムを通して自分のまったく知らなかった世界——アメリカの弁護士、法曹界、ビジネス界、金融界、そこで働く男たち——をのぞくのも楽しかった。

つきあい始めて二年後だったか。バーエグザムと呼ばれる弁護士資格試験に合格したら、結婚しよう、と、プロポーズされた。気持ちよく晴れた日曜の午後、手をつないで、セントラルパークを散歩しているときだった。

かすみの学生ビザが切れて、もどっていた横浜の実家に「合格した。迎えにいく」と、トムから電話がかかってきた日のときめきは、今も胸の奥に大切にしまってある。

悲しいことがあった日には、胸に手のひらをそっとあてて、そのときめきを呼びもどしてみようとしたりする。ときにはそのころの写真を手のひらの上に乗せて、ながめてみたりもする。

トムと結婚して、もうすぐ十年になる。

横浜からマンハッタンに引っ越してきたばかりのころは、短大で、夜間の絵のクラスを教えていた。そのかたわら、自宅の一室で、子どもを対象にした絵画教室も開いていた。日本に住んでいる知人の紹介で、ガイドブックや旅行雑誌にイラストを描く、という仕事も請け負っていた。しかしそうした仕事は、トムが事務所のなかで昇格して、重要な仕事がつぎつぎにまわってくるようになってきたのを潮時にして、すべて、やめてしまった。三回めの結婚記念日を迎えようとしていたころだったか。ちょうどそのころに、かすみは二度めの妊娠をして、流産をしている。

一度めの妊娠は、ふたりとも学生だった時代に。

中絶クリニックの女医は「中絶するにはちょっとばかり、ここに来るのが遅過ぎたようね。どうしても産んで育てられないのであれば、産んだあとですぐに養子に出したらどうかしら」と言った。そしてデスクの引き出しから、里親紹介の斡旋業者「天使のゆりかご協会」のパンフレットを取り出して、見せた。

かすみにつき添ってきていたトムは、憮然《ぶぜん》とした表情でそれを一瞥《いちべつ》すると、すぐさま「とんでもない提案だ。まるで、慈善事業の仮面をかぶった赤ん坊の売買みたいじゃないか」と、女医に食ってかかった。

かすみは、できれば産みたかった。そのことによって、トムと別れることになっても、ひとりで産んで何とか育てていける、とも思っていた。しかし、トムはそれを許さなかった。

「僕だって、子どもがほしい。でもそれは今じゃない。ただ、今じゃないというだけなんだ。わかってほしい。きみを愛しているんだ」

トムは泣きながらかすみに懇願した。中絶してくれ、と。そうしてトムは、妊娠中期でも中絶手術をしてくれるという医師を自分で見つけてきたのだった。

トムは、診察の段階からずっと、かすみに寄り添っていた。麻酔から醒めたときにはトムがそばにいて、かすみの手を握って、涙を流していた。

「このつぐないは、俺の一生をかけてするつもりだ」

二度めの妊娠が流産という結果に終わったときにも、滝のように涙を流したのは、かすみではなくて、トムの方だった。「つぎはちゃんと生まれるという可能性はあるのか。妻の体は本当にだいじょうぶなのか。妊娠のチャンスはどのくらいの確率であるのか」と、医師に詰め寄っていたトムの、それまでに見たことのないような厳しい表情を、かすみは今でもよく覚えている。そうして「きみもきちんと自分の体の健康管理をしなきゃだめじゃないか。外に出ていって働くような仕事は、もう辞めたらどうなんだ。経済的に困っているわけじゃなし」と言われた。

「きみのことは決して、ハウスワイフだなんて思っていない。俺たちは〈チーム〉なんだ。俺は外に出て稼ぎ、きみは家のなかをきちんと管理し、心地よく整える。きみが毎日家のなかでやっていることには、俺が外でやっている仕事と同じだけの価値があるんだよ。俺はそう信じている」

「俺はそう信じている《アイビリーブソウ》」という言葉は、トムの口癖だった。

トムの言うことを信じて、日本にいたころには、意地でもなるまい、と心に決めていた専業主婦に、あっさりなってしまった。後悔はしていない。弁護士の妻には、家にいても家事以外に、やるべき仕事がいろいろとある。たとえばトムの仕事関係者を家に招いて、盛大なパーティを開くこと。パーティの準備。パーティの料理。パーティのあとかたづけ。トムにかかってきたいやがらせの電話をきちんと記録しておくこと。電話の内容があまりにもひどいときには、ただちに警察に通報すること。

ほかにもまだまだある。トムのために歯科医とのアポイントメントを取る。自分のためにネイルアーティストとのアポイントメントを取る。キッチンの壁紙の貼りかえをするために、内装業者とのアポイントメントを取る。事務所のだれだれさんの結婚祝いを買いにいく。出産祝い。新居購入のお祝い。引っ越しのお祝い。誕生日プレゼント。クリスマスプレゼント。友人知人の離婚の相談に乗る。恋愛の悩みを聞く。再婚の相談に乗る。事前の約束なしで、自宅を訪ねてくる人――たいていトムの仕事がらみの人物だ――に対しても、にこやかに、感じよく応対する。たとえばトムの事務所をクビになった司法見習いの若い女性がやってくれば、部屋に招き入れて、紅茶とケーキを出し、延々とつづく愚痴に耳を傾け、長い時間をかけて優しく、なだめすかしたりする。

「俺のやってることはボクサーと同じさ」

弁護士の仕事を、トムがそんな風に表現していたことがあった。ホームパーティの席上で。

「殴られたら、殴り返す。殴り返されたら、殴る。力尽きるまで、殴りあうしかないんだ。いくら効果的なパンチをたくさん浴びせたって、最後の一発で倒されるときもあるし。反対に、どんなに形勢が不利なゲームでも、一発で相手を倒せるチャンスだってあるのさ」

　この言葉を聞いたときには――三、四年ほど前のことだったが――かすみはただ「そんなものかな」と思っただけだった。

　しばらくして、トムは事務所の近くのボクシングジムに通い始めた。運動不足を解消したい、というのは表向きの理由で、

「肉体的な痛みを感じていたいんだ。どんなに人を殴っても、本物の痛みを感じない世界で仕事をしているだろ。ときどき不安になるんだよ。まるで自分が見えない人間になっちまったみたいに思えてさ。ジムに行って、実際にボコボコ殴られてると、不思議なくらい気持ちが落ちつくんだ」

　本当の理由はかすみに、そのように説明された。

弁護士として、成功の階段を一段ずつ、着実にのぼっていくトムをそばで見ている

うちに、かすみにはその言葉の意味がよくわかるようになってきた。つまり「肉体的な痛みを感じて安堵《あんど》したい」と言ったトムの言葉の真意が。ボクシングジムで殴られることは、トムの免罪符なのだ。トムの仕事の成功と引きかえに、傷つき、血を流し、痛みを感じて泣いている人が、常にいるということなのだ。

トムのクライエントが勝訴した結果、多額の賠償金を支払いきれないまま破産し、あげくの果てに一家心中をしてしまった零細企業の社長もいたし、レイプの加害者が事実上勝訴し、被害者がビルから飛び降り自殺したというケースもあった。ゆすり、たかりと言えば聞こえは悪いけれど、アメリカの弁護士がやっている仕事の一部は、見ようによってはそういう風にも見える。じっさい、阿漕《あこぎ》な弁護士のことを形容して「救急車を追いかける人」という蔑称もあるくらいだ。狙《ねら》った獲物は逃さないし、金脈を見つけたら骨の髄までしゃぶり尽くす。すくなくともかすみの目には、そうとしか映らない、というケースも過去には多々あった。守られることのない正義と、転がりこんでくる大金と。ようするにこの国の弁護士の大半は、金持ちの人々にとっての正義の味方。けれども、今の自分たちの暮らしが、そうした金に支えられて成り立っているのは、まぎれもない事実だった。

買いかえたばかりのこの車だって……。わたしが身につけているこの洋服だって、黒真珠のイヤリングだって、この靴だって、手みやげに買い求めたあのシャンパンだって……。わたしもボクシングジムに通って、人に殴られてみようかな、と思ってみたりすることが、このごろのかすみにはある。かかりつけの医者に頼んで処方してもらった睡眠薬を、定められた量よりも多めに飲まなくては、眠れない夜もある。

「何だか十年くらい早過ぎるけど、もしかしたら更年期障害じゃないの」

と、友人に笑われたこともあったけれど、かすみには自分の抱えている不安が、もっと得体の知れない、もっと恐ろしいもののような気がしてならない。

名前のない不安、とでもいうのか。

ミッドタウンの高級アパート。セントラルパークの緑と、摩天楼に沈む夕日が見えるリビングルーム。天井が吹き抜けになっているベッドルーム。広々としたキッチン。ほしいものはなんでも買える、何不自由のない暮らし。仕事に忙殺されていながらも、決して妻をないがしろにはしない優等生の夫。週末にはお洒落をして、バーで待ちあわせて、レストランで恋人同士みたいに外食するし、オペラやミュージカルにもしょっちゅう出かける。そのたびに新調されるドレス。季節ごとにふたりで国外に飛ぶバカンス。旅行中、鉢植えの植物に水をやってもらうためだけにでも、ハウスシッターを雇える財力がある。いったいどうして、何に、不安を感じる必要があるのか、そうたずねられても、かすみには答えようがないのだった。

もうそろそろ、乗りかえ出口のサインが見えてくるころだ。

トムに、道路地図で出口の番号を確認してもらいたい。かすみはハンドルから片手を離して、腕利き弁護士の左腕をそっとつついた。

「悪いけど、あとひと眠りさせてくれ。最後のレストエリアで起こしてくれたらいいから」

トムは寝ぼけまなこで道路地図を広げて、正確な出口を教えたあと、そう言って、こんどはシートを倒して横になった。

乱れた髪の毛と、小動物のように丸めた背中を目にして、ほんのすこしだけ、かすみは夫のことをいとおしいと思った。車内に、規則正しい寝息が響き始めると、かすみはCDのボリュームをぎりぎりまで絞った。

でもどうして、ほんのすこしだけ、なんだろう。

どうしてわたしはめいっぱい、心の底から、彼をいとおしいと感じ、いたわり、思いやることができないのだろう。そうした疑問符は、やがてかすみの胸のなかで、こんな風に形を変えて、長い影を引き始める。

どうしてわたしは、このことを、彼に伝えないままでいるのだろう。この車のなかで、今日こそ、伝えようと思っていたことを。それはおそらく、この人が狂喜乱舞してしまうほど、待ち望んでいるニュースに違いなかった。徹夜明けの彼を、一気に元気にさせてしまい、居眠りなんか絶対させなくなるような知らせ。

赤ん坊を腕に抱いている父親。それがトムの、今、一番なりたいものなのだ。そのことを、世界でだれよりもよく知っているのは、このわたしなのに。

秋の日はすでに、とっぷりと暮れていた。

表通りから折れて、山荘の車寄せの道に入ると、その道はそのままゆるやかなカーブを描きながら、山を登っていく格好になっていた。山の中腹に広い駐車場があった。マンハッタンではほとんど見かけない、荷台つきの大型ピックアップトラックが数台並んでいる。ブルーストーンの敷き詰められた石畳の小道を歩いていくと、キャッツキル・マウンテンハウスの玄関前広場が見えてきた。

石づくりの建物が、壁にツタを這わせて、夜の闇のなかで荘厳な表情を見せている。「犬に注意」という看板が目に入るのと同時に、二匹のアメリカン・コッカー・スパニエルが飛び出してきて、ふたりを出迎えてくれた。

午後九時をすこしまわっていた。高速道路を降りて町を通り抜けるときに、二度ばかり道に迷ったせいか、予定よりも一時間ほど遅れて着いた。使用人らしい青年の導きで、今夜泊めてもらうことになっている部屋に案内されたあと、ふたりは簡単にシャワーを浴びた。それから着がえをして、パーティ会場になっているダイニングルームに向かった。

パーティは、宴もたけなわといった様相を呈していた。

そこらじゅうに料理と酒と会話と笑い声が入り乱れていた。人数は五十人ほどか、いやもっと多いか。いかにも、カントリーライフを満喫していますよ、という風な地元の人たちに、いかにも、マンハッタンからやってきました、という風に見える抜け目のないビジネスマンたちが混じっていた。芸術村ウッドストックが近いせいか、いかにもアーティストっぽい人や、もとヒッピーっぽい人もいた。気のせいかもしれないが、マリファナの香りもした。グラスをのせた銀盆を手に、アメンボウのようにすいすいと、人混みをかき分けて進むウェイターの姿もあった。

かすみはウェイターの若い男の子から、ジントニックのグラスを受け取った。ついでにちょっと曲がっていた彼の蝶ネクタイを直してやった。トムは「俺はビールがいいな。ローリングロック、あるか」とリクエストした。ビールの小瓶に口をつけて、直接飲むのがトムの好きなやり方だった。

あたりを見まわしながら、内心、かすみはほっとしていた。このくらいの人数で、このくらい混雑していると、気が楽だ。料理をつまみながら、人と人のあいだを適当に行ったり来たりしているだけで、時をやり過ごすことができる。堅苦しいあいさつも自己紹介もなし。それに、会場がこれくらい広いと、ひとりになりたければ容易に、ひとりにもなれる。

かすみとトムはそれぞれ酒のグラスとビール瓶を手に、顔見知りの人たちを見つけては、ふたこと、みことの短い会話を交わした。そうこうしているうちに、山荘の持ち主のひとりをさがし出すことができた。彼に手みやげのシャンパンを渡しながら、今夜の招待に対するお礼の言葉を述べた。

それからふたりは、ばらばらになった。

立食形式のパーティでは、だいたいいつもこういう風にする。トムには、かすみ抜きで仕事の話をしたい人がいるだろうし、トム曰《いわ》く「夫婦で別行動して、二倍の人脈を獲得する」というメリットもある。かすみはこういう場所では元来、別々に行動するのが好きだ。会話の話題を自由に選べるから。トムがいっしょだと、どうしてもトムの選んだ話題にあわせなくてはならない。

「ハーイ。ハーワーユー」

料理の並んだテーブルのそばに立って、皿にサラダの野菜を取り分けていると、背後から女の声がかかった。「グッド」と答えながら振り返ると、声の主は、たどたどしい日本語で言った。

「あのー、もしかしたらユーは、ジャパニーズですの？」

「はい、日本人ですけど」

と、かすみはとっさに日本語に切りかえた。

金色に近い薄茶に染めた髪の毛。細身の体にぴったりフィットしたデザインのミニのドレス。色は赤。濃いファンデーションと濃いアイメイク。遠くから見れば、あるいはアメリカ人になら、五十代で通るのかもしれない。でもかすみには、彼女が年のころ六十代後半か七十代前半だとわかる。これ、といった理由はない。ただ何となくわかる、としか言いようがない。

「イエス？　ユーアージャパニーズ？　オーイエス！　アイノウ、アイノウ。ユーアージャパニーズ。ビコーズ、アイアムジャパニーズトゥ！」

　彼女はそのあとに自分の名を名乗った。

「マイネームは、アイリンといいますの。ごめんなさい。日本語はちょっと、忘れてしまいましたの。でもどうぞ気にしないで」

　アイリンはおそらく、日本よりもアメリカでの暮らしの方が長くなっているのだろう。はさみこまれている日本語のアクセントすら、おかしい。それでも彼女はかすみに向かって一生懸命、日本語で話そうとする。

「かずみさん、ユーは、フィッシング好きですか？」

「いいえ」

　わたしの名はかすみです。かずみではなく、と言おうとしたが、アイリンの言葉にさえぎられた。

「オーどうしてですの？　ホワイ？　ホワイナット？　フィッシングとても楽しいです。どうしてしない？」

かすみは答えに窮《きゅう》してしまう。釣りをしない理由は、釣りが嫌いだから、なのだけれど、それをはっきりと言ってしまうのは気がとがめる。英語だと「嫌いですから」と言ってしまえるのだが、同じことを日本語で言えば、何だか角が立ってしまうように思えてならない。かすみは英語で切り返すことにした。

「わたし、釣りにはまったく興味がないんですよ。あまり好きじゃないんです」

その言葉が終わらないうちに、アイリンはかすみの腕を取って、歩き出していた。

「ちょっと、かずみさん、あなたこちらにいらしてくださいな。ヒアー。ヒアー。ディスウェイプリーズ。アイルショウユー・サムシング」

アイリンはかすみを、テーブルのはしの方まで連れていった。

「プリーズかずみさん、どうぞ見てください。このビッグなフィッシュね。わたしデイスモーニン釣りましたの。レインボウトラウトね。このキャッツキルのリバーで生まれて、立派に育ちました。アーユー・サプライズド？」

確かに、驚かされた。

アイリンが指さしている皿の上には、まるで生まれたばかりの胎児ほどもあろうかというような巨大な魚が、ごろんと横たわっていた。腹のあたりの身は汚く食べ散らかされて、白い骨が見えているが、頭部やしっぽの近くは、まだこの魚が生きていたときの姿のままだった。

「この魚、あなたが釣ったんですか？」

「イエス、わたし釣りましたの。プリーズ食べてください。さあかずみさん、遠慮はいけません」

　魚に手を出そうとしないかすみをよそに、アイリンは身振り手振りを交えながら、しゃべり始めた。魚を釣ったときの状況。釣りあげたときの感触。あごから釣り針がなかなか抜けなくて、難儀したこと。ものすごい勢いで跳ねまわる魚の頭に、近くに転がっていた岩石をドカンと打ち下ろしたこと。唇のはしに唾液をためて、アイリンは熱心にしゃべりつづけている。英語と日本語の混じった奇妙な言語で。

「かずみさん、わたしといっしょにレッツゴーしましょう。フィッシング！　トゲザー！　どうですかトゥモーロウ？」

冗談じゃない、と思った。だれが釣りなんかに。

かすみはアイリンの話がすべて終わってから、静かに口を開いた。彼女の目をまっすぐに見つめて、柔らかな英語で。

「ごめんなさいね、アイリン。せっかくだけれど、わたしは釣りには行きたくないの。それにわたしは菜食主義者なので、この魚を食べることはできないの」

厚化粧の顔が一瞬、ぽかんと惚《ほう》けたような表情になった。が、顔にはすぐに笑みがもどってきた。

「オーソーリー。ユーはベジタリアンでしたの。それは知りませんでした。最近はソーメニーベジタリアンね」

そのときアイリンの知り合いらしい人が、そばにやってきた。アイリンは大げさに喜んで、その人の首に手をまわしながら、抱きついている。それをきっかけに、かすみは彼女のそばからそっと離れた。

ベジタリアンというのは、半分は真実だった。かすみの場合、食べないのは肉料理だけで、魚は今のところ食べることができる。ただ、今朝がた、断末魔の苦しみを味わったあと、岩石で頭をぶち割られたばかりだという魚を目の当たりにして、とっさに「食べたくない」と思っただけだった。

かすみは、アイリンのミニスカートからのぞいている枯れ枝のような二本の足を、うしろから、見るともなく見つめながら、ふと思った。彼女はもしかしたら、日本語を忘れてなど、いないのかもしれない。あのまどろっこしい日本語は、彼女のせいいっぱいの抵抗、というような気がしてならない。抵抗？　そう、抵抗。髪を染め、英語をあやつり、アメリカの男と暮らして、アメリカに同化しよう、アメリカ人になろう、なりきろう――そして彼女は実際アメリカ国籍を有しているのかもしれない――としても、最後の最後のところでなれない、自分のなかの日本人に対する、抵抗。

かすみは思う。これだけは確信をもって言える、と思う。いくらアメリカ暮らしが長くなっても、人はそう簡単に、母国語を忘れたり、しゃべれなくなったりはしない。意識してそうしないかぎり、日本語に英語が混じるようなことには、ならない。すくなくとも、わたしはそんな風にはならないし、なりたくない。あの話し方は下品で野蛮だ。彼女は上手に、こっそりと日本を捨てたつもりになっているのかもしれない。でも、捨てきれない。日本は、金色に染めた髪の毛の根もとから黒々と生えてくる。

トムはよく「たまにはきみも日本人と、日本語で会話したいだろう」と言って、仕事関係者のなかから見つけ出してきた日本人を、わざわざかすみに紹介してくれることがある。そんなときかすみは「わかってないのね」と思ってしまう。日本語で思いきり会話をしたい、と思うことはもちろんあるけれど、その相手は、日本人ならだれでもいいというわけではない。

いつのまにか、かすみの視界から、アイリンの姿は消えていた。彼女の本当の名前は、いったい何だったのだろう。愛子？　エリ子？　リン子とでもいうのか、あるいはまったく違った名前なのか。わたしもこれからはなるべく、アメリカ人に「キャス」と呼ばせないようにしよう。そんなことも思った。

かすみはトムと結婚したあとも、トムのファミリーネーム「ワイズ」は使用しないで、自分の旧姓「桑田」を使いつづけている。アメリカではそれが可能だ。結婚後、旧姓のあとに夫のファミリーネームをそのままくっつける人も多い。かすみは夫婦別姓にこだわっているのではない。「ワイズ」という名前が嫌いだというわけでもない。ただかすみは「かすみ・ワイズ」という風に、日本語の名前に英語の姓をくっつけるのが、どうしても嫌なのだ。それはなぜかと問われたなら、たぶん「わたしの美意識に反するから」と答えるだろう。つまりかすみにとって、カタカナ混じりの名前は「美しくないから」。

アイリンに頭を割られた魚のそばには、これもだれかが撃ち殺したのか、鳩のようにも見える小鳥の丸焼きが、大皿に盛られている。その横には、ぶあつく切り分けられたローストビーフ。かすみの目には肉の色が、まるで生理の血の色のように見えてしまう。そのとなりには、つやつやとした照り焼きのチキン。そのとなりには、腹のなかを詰め物でぎゅうぎゅう詰めにされた七面鳥。まるで生き物たちの死体のオンパレードじゃないか。チキンとターキーのあいだには、何の肉だかわからない……でも、臭《にお》いで肉だとわかる、肉料理。

かすみが肉を食べなくなったのは、健康上の理由からだった。

アメリカに住むようになってから、ときどき体中に蕁麻疹《じんましん》ができて、夜も眠れなくなることがあった。行きつけの薬局に行って相談し、玄米食を試してみたり、白砂糖をやめてみたり、野菜をすべてオーガニックのものにしてみたり、いろいろやっているうちに、肉を食べないでいれば、この蕁麻疹はいっさい出ないということがわかった。

最初はレッドミートと呼ばれる、いわゆる四つ足動物の肉だけを意識して、排除していた。トムのために料理はしても、自分はそれを食べないようにした。そうこうするうちに、しだいに鶏肉も食べられなくなってきた。間違って食べてしまったときには、すぐに気分が悪くなってきて、洗面所にかけこんで、吐いた。体が受けつけなくなってきたのかもしれない。今はそれが魚にも広がりつつあるような気がしている。そのうち、卵、バター、チーズ、牛乳も、だめになるのかもしれない。でもそれらを食べないでいても、人は死にはしない。

だれかの家に呼ばれるときには、「肉料理は食べられない」と、あらかじめ伝えておく。

家で料理をするときには、トムのための肉料理と自分のための野菜料理、いつも二種類を用意する。肉を焼いたフライパンで、自分の食べる野菜を炒めることは決してしない。トムはそんなかすみを「きみには神経質なところがあるからな」と言って、笑う。「動物保護団体にでも就職するつもりかい」と。かすみは笑顔で言葉を返す。

――そんなつもりはないけれど、世界で一番嫌いな場所は動物園ね。子どもを一番連れていきたくないところも、動物園。動物を一生、狭い檻《おり》のなかに閉じこめて、ゆるやかに殺していく場所じゃないの。「動物園にゴリラの赤ちゃんがやってきました」ですって。そういう記事を読むと、吐き気がする。ね、いったいどうやって、どういう方法を使って、ゴリラの赤ちゃんがアフリカからはるばる、どこかの国の動物園のなかに「やってくる」のか、考えたことある？

——それはまあ、きみが言うように、ゴリラの赤ん坊がひとりで歩いて、のこのこやってきたわけじゃないだろうよ。それにしてもきみには、ちょっとエキセントリックなところがあるよなあ。

——変わり者がいた方が、世の中の風通しもよくなるのよ。この国だってマイノリティがたくさん住んでるおかげで、住みやすい国になってるんじゃない？

——きみが肉を食べられなくなり、動物園を忌み嫌っていることの本当の理由は、何なんだろうね。

——嫌いだから、嫌いなのよ。本当の理由もなければ、嘘の理由もない。ただ嫌いなものは嫌い。わたし個人の好き嫌いってことよ。

トムは一時期、自分勝手に、かすみの肉に対する嫌悪と過去の堕胎体験とを結びつけて、悩んでいたことがあった。でもかすみは、そんなことで悩まないで、とトムを元気づけた。それとこれには、本当に何の関係もなかった。堕胎は確かに、耐えがたい苦しみと悲しみをかすみにもたらしたけれど、そのことと、肉を食べなくなったこととは無関係だった。「そんな風に、何にでも因果関係をつけたくなるのは、あなたの職業病かしらね」と、かすみはトムの背中を優しく抱きながら、言ったものだった。ただあのとき――中絶したとき――わたしの内部で、何かが壊れたのは確かだった。これでもかこれでもかと、テーブルの上に並んでいる、てらてらとした肉料理を見つめながら、かすみはそう思う。皮をむかれた鳩の肉と胎児の死体が、否が応でも重なって見える。壊れたのだ、わたしは。

二度めの妊娠で流産したときにはその、壊れた何かの声を聞いたような気がした。でも、その何かとは何なのか、それを言葉で説明することはできない。言葉で説明できなければ、それをトムにわからせることはできない。

三度めの妊娠がなかなかできないでいたかすみに、トムが病院での不妊治療を強くすすめたことがあった。金属の台の上で両足を広げたまま、奇妙な処置をいろいろされる「最先端治療を受けてほしい」と、トムはあるときはだだっ子のように懇願し、あるときは教師のように言い聞かせようとした。

――どうしても、行かなきゃだめかな。自然にまかせて、待ってちゃだめ？

――自然にまかせる、というのは、僕に言わせれば、まったく不自然なんだよ。自然と不自然の境界は最早ないに等しい時代だ。アメリカの不妊治療技術はね、すでに神のなせる技の領域にまで達しているんだ。人類の英知の結集であるこの最新医学の力を、借りない手はないぜ。われわれが幸せになるために、利用できる知恵は、すべて利用されるべきなんだ。僕も何だってする。協力は惜しまない。

――でも、わたし、正直なところ、そこまでして子どもがほしいのかどうか……。

かすみは無雑作に、何かを放り投げるようにして「わからないのよね」と言ったあと、早口でこうつづけた。「子どもがいなくても、べつに不幸でもないし」。

トムはかすみの言葉の途中で、大げさに肩をすくめてみせた。

――え！　なんだって。いったいどうしてまた。おかしいじゃないか。ほしいかどうか、わからないって、それはどういうことなんだ？

――だから、わからないのよ、自分でもよく。

トムが子どもをほしがっていることは、だれよりもよく知っている。父親になりたいんだ、とトムは言う。俺に「父親になるという体験」をさせてくれ、という。その気持ちはわかる。何とかして、かなえてあげたいとかすみは思う。けれども同時に、かすみの耳にはときどき、トムの「子どもがほしい」という声が、「僕の都合にあわせて、子どもがほしい」と聞こえてしまう。ようするに、違和感を感じるのだ。口のなかにざらっとした砂の感触が広がる。トムの「子どもがほしい」という言葉を聞くたびに。

その違和感について、かすみ自身、その正体はいったい何なのか、うまく説明することはできないのだけれど、それでもひとつだけ、はっきりわかっていることがある。それはトムがそれほど「子どもがほしい」のであれば、どうして学生時代に、あんなにつらい手術を自分は受けなくてはならなかったのか、それがわからない、ということだった。

「子どもというのは、夫婦がちゃんとした環境を整えてから、つくるものだと思うよ。経済的にも、社会的にもね。生まれてくる子どものために、そうするのは親の責任だ。ふたりとも学生なのに子どもをつくるなんて、それは親の勝手というものだ。子どもにとっては、はなはだ迷惑な話だと思うよ」

と、トムはかすみに中絶をすすめたときにも言ったし、以来同じことを何度も繰り返し、言いつづけてきた。

それは、確かにそうだとかすみも思う。思うのだけれど。

今のかすみには、積極的に子どもを産みたい、母親になりたい、とはどうしても思えない。「その理由は何なんだい。説明してみてくれ」とトムは言う。

――過去のつらい経験を乗り越えるためにも、きみは妊娠するべきなんだ。そのために生殖技術を使って、何が悪い。

――そうかな。そうは思えない。つらい経験はもうすっかり忘れてるよ。忘れてる、つもり。べつに無理矢理あらたに妊娠なんてしなくても、わたしはちゃんと乗り越えてるけど。

――だったら、なおのことチャレンジすべきだ。これはきみだけの課題じゃない。俺の未来と、俺たちの未来のためなんだ。なんで無責任に、子どもがほしくないなんて言えるんだ。

――そうじゃなくて。ほしいのか、ほしくないのか、よくわからないって、言ってるだけじゃない。

「だったら理由を説明してくれ」と、トムは詰め寄ってくる。

「きみはきちんと理由を説明するべきだ」

だが、かすみには説明できない。あなたの言葉はいつも「べきだ」で終わるのね。

そんなことを思っている。

「言葉で説明できなければ、それは結局、無に過ぎない。きみが子どもをほしくない理由は、ない、ということになる」

かすみはそれ以上、夫に反論することができない。わたしには、言葉にできない思いがある。でも彼にはそれがない。そういうことなのだ。

喉が渇いた。急に水が飲みたくなってきた。それに、すこしだけ英語の喧噪から逃れたいという願望が芽生えてきて、かすみは人気《ひとけ》のないキッチンの方に向かった。

途中で、トムとすれ違った。

トムは数人の男女に取り囲まれて、にこやかに談笑していた。完璧《かんぺき》なまでのビジネス用のクールな笑顔だ、とかすみは思った。そういう表情が相手に、どれほど好印象を与えるかをトムは熟知しているのだ。熟知していて、計算して、使っている。かすみとすれ違うとき、トムはこっそりと目をあわせて、いたずらっぽくウィンクしてみせた。かすみもウィンクを返した。共犯者同士のようだと思った。

キッチンの水道から直接、水をグラスに受けて、ごくごく飲んでいると、背中にふと視線のようなものを感じた。

庭に面した窓ぎわに、ひとりの若い男が立っていた。小柄ながら、引きしまった体つき。日に焼けた精悍《せいかん》な横顔。男のまわりには、パーティ会場にいる人々とはあきらかに、異なった雰囲気が漂っている。第一、服装が違う。まったく素っ気ない、一見使用人と見間違えられそうな装い。ところどころすり切れたジーンズとよれよれのTシャツ。男は腕組みをして、窓から外を凝視している。いったい何を見ているのだろう。何が見えるのか。窓の向こうには吸いこまれそうなほど黒い闇が広がっているだけなのに。

まぎれもなく、彼は東洋人だった。

かすみは、トムが車のなかで言っていたことを思い出した。

――オーナーの片割れは、決して表には出てこないんだけれど、そっちの男が事実上のオーナーなんだ。つまり、金はそいつが操っている。国籍はアメリカなんだが、たしか日本人だったはずだ。いや待てよ、韓国系日本人だったっけか。

かすみは、自分の生まれ育った国には「韓国系日本人」という言葉はなく、そのかわりに「在日韓国人」という、どこか排他的な響きをもった言葉が存在するのだといいうことを、トムに教えた。

——とにかくすんごい金持ちでさ。そんじょそこらの金持ちとはケタが違うんだ。マンハッタンにビル二棟と、ハワイとフロリダとラスベガス近郊にも別荘を持っててさ。もともと不法入国者で、不法労働者だったのに、株売買でひと山あてて、成りあがったらしいぜ。三十代で。すごいだろ。まだ独身だ。ただし女には興味がない野郎だとさ。

——それって差別的な発言に聞こえるよ。東洋人差別とゲイ差別の両方。

——勘違いしないでくれ。

——人を差別する人は自分に自信のない人よ。不幸な人だから他人を差別するの。

——はははは。いつからカウンセラーになったんだ？

水を飲み干して、かすみがキッチンを出ていこうとしたとき、男が振り返った。ふたりの視線と視線が、空中でぶつかった。ぶつかって、からみあった。ふたりとも、言葉を口にしなかった。かすみは、今飲んだばかりの水が、マンハッタンの水道水にくらべると、信じられないくらいおいしかった、と言いたかったけれど、言わなかった。男の黒い瞳は微笑みをたたえていた。かすみもごく自然に、微笑みを返した。

あたたかいような、なつかしいような、寂しいような空気が漂っていた。

　こういう感覚は、トムにはわからないだろうな、と思った。トムは、百以上の言葉を使わなければ、百のことはおろか、十のことも、たったひとつのことさえ、伝わらないと考えている人なのだ。感情はすべて、言葉に置きかえて、伝えるべきだ。沈黙や微笑みによって伝えられるものなど、何もない。沈黙は敗北に過ぎない、と。

(楽しんでますか?)

(ありがとう。楽しんでます。でもちょっとだけ、ひとりになりたくて。あなたもそうなんでしょ?)

(ええ、そのとおりです)

(素敵なパーティに招待してくださって、ありがとう)

(どういたしまして)

　そんな会話が、目と目で交わされた。すくなくともかすみにはそう思えた。男は何も言わなかった。それがひどく好ましかった。かすみも何も言わないで、黒いドレスの裾をひるがえして、キッチンから出ていった。

つぎの朝、かすみが目覚めたときには、トムはもうベッドのなかにはいなかった。

ゲストルームの窓の外に広がる景色を目にして、かすみは「あっ」と声をあげた。

昨夜はただ、深い闇が、層のように重なりあっていただけだったのに、今、かすみの目の前にあるのは色の洪水だった。眼前に迫っている山の斜面も、はるか遠くで稜線を連ねている山々も、深紅、赤、黄、橙《だいだい》、紫、茶、その濃淡で織りあげられた、パッチワークのようだった。ゴージャスな紅葉。まるで花火のような。パンフレットにはそんな言葉が記されていたけれど、まさかここまで華やかで、こんなに色があふれているとは、思ってもいなかった。

留学生時代に、美術史の書物のなかで読んだコラムを、かすみは思い出していた。

あるアメリカ人画家がこのあたり、ニューヨーク州北部の紅葉をそのまま、見たままに写生した絵を、ヨーロッパでおこなわれた絵画展に出したところ、美術評論家たちから「こんな色の紅葉があるはずがない。あまりにも現実離れしている」と、こっぴどく批判された、というような記事だった。スケッチブックを持ってくればよかった……。長いあいだ、胸の奥に閉じ込めてきた「描きたい」という思いが、ふいによみがえったような気がして、何だかせつなくなった。

シャワーを浴びて、ジーンズとセーターを身につけると、かすみは部屋を出て、ダイニングルームに向かった。パーティの名残《なごり》はどこにもなかった。朝日のさしこむ広々とした空間に、いくつかの丸いテーブルと椅子が、まるで昨夜からそこにあったかのように整然と配されていた。挽《ひ》きたてのコーヒー豆の香りがふんわりと流れてくる。かすみたちと同じように昨夜ここに泊まった人たちが四、五人、コーヒーを飲みながら、くつろいでいた。マンハッタンのカフェにいる人たちと違うところは、だれも新聞やノートパソコンや仕事の資料に目を落としたりしないで、のんびりと、窓の外の紅葉をながめていることだった。

「おはよう」「気分はどうです?」「最高です! あなたは?」「もちろん絶好調ですよ」「空気が澄んでますね」「なんて美しい朝なんでしょう」「まったくね」

目のあった人と、ピンポンのように、短いあいさつの言葉を交わしながら、かすみはトムのすわっているテーブルに向かった。

トムは三人の男たちといっしょにテーブルを囲んでいた。テーブルの周辺には屈託のない笑い声が響いている。トムがかすみの姿を認めて、手をあげて合図した。

「ああ、来た来た。うちの奥さんが来た。やっとお目覚めですか。紹介します。これが僕のスイートハート。彼女の名前は」

　そのあとにつづく言葉をさえぎるようにして、三人の男たちはほとんど同時に立ちあがり、かわるがわるかすみに手をさし出した。

「ジョンです」「ボブです」「アレックスです」

　髭づらの男、グレイの長髪をバンダナで結んだ男、ビール腹の男。みんなひと癖もふた癖もありそうな中年の男たちだった。かすみは臆することもなく、彼らの手を軽く握り返しながら「かすみといいます」と名乗った。

　三人の男たちはそれぞれ、ぶつぶつと何かを言った。アメリカ人の多くは「かすみ」の「か」を、うまく発音することができない。だから「かすみ」と名乗ると「どうつづるのか？」と聞き返してくる人もいる。でもつづりを教えても、「か」はうまく口にできない。「Ka」は「ケ」か「キャ」になってしまう。

　トムがすかさず「キャス」と呼んでくれていいんだよ、と言葉を添える。かすみはその呼び名が好きではないし、トムもそのことを知っているはずなのだけれど。

　――きみも頑固だね。キャスと最初から名乗れば、それで何もかもスムーズに進むんだよ。アメリカじゃ、相手に名前を覚えてもらうことが、コミュニケーションの第一歩だってこと、きみもよく知っているだろう。

――覚えてもらいにくい名前だから、自分の名前を変える？　その合理性が鼻につくのよね。

――合理性のどこが悪い？「ワイズさんの奥さん」よりはましだろうに。

そんな会話を、かすみは思い出している。ずいぶん昔に交わした会話だ。あのころはまだ恋人同士だった。だから手をしっかりとつなぎあって、笑いながら話していた。でも……。そう、そんなに前から、わたしたちにはどこか、すれ違う部分があったんだ、と、かすみは思っている。

別荘の使用人と思《おぼ》しき青年が、かすみに気づいて、コーヒーを運んできてくれた。

「じつはついさっき、この地元のバッドボーイズたちといっしょに、本日の計画をまとめあげたところなんだ。合意してもらえるだろうか？　つまりきみとの計画は予定変更ということになるんだが、かまわないだろうか」

トムはわざとビジネスマンの口調になって、そんな風に話を切り出した。これはトムがかすみに、何らかの頼みごとをするときに使う言い方で、そしてトムのご機嫌がすこぶるよいことの象徴でもあった。今日のふたりの予定とは、近辺の村や町を車でまわりながら、名物のメイプルシロップを買い求め、アンティークの家具を見て歩く、というようなものだった。

「いいよ。わたしはひとりでウッドストックへでも出かけて、ぶらぶらするから」

「車はきみが使っていいよ。僕は奴らの車に乗っけてもらうから」

「みんなでどこへ行くの。釣り？　それとも山登り？」

「森へ。ハンティングしに」

「嘘でしょ！」

かすみは思わず、大きな声を出してしまった。まわりの人たちが一瞬、かすみたちのテーブルの方に視線を投げかけるのがわかった。

「本気なの、ハンティングだなんて。まさかあなた、銃で動物を撃ち殺すつもりなの？」

「そりゃ、そうだよ。銃で撃たなきゃ、何で撃つんだい。おもちゃのピストルで撃つわけにもいかんだろうよ」

トムが笑った。三人の男たちも笑った。男たちは全員、よく通る声で笑っている。

三人のうちひとりが立ちあがった。

「じゃそういうことで。またあとで会おう」

残りのふたりもおもむろに立ちあがって、ふたりに声をかけた。

「楽しい朝食を！」

「奥さんも楽しい一日を！」

トムは言葉を返した。

「それじゃ、十時に。駐車場で」

男たちの姿が見えなくなると、かすみは小声で、トムに噛みつくように言った。

「ハンティングなんて、やめてよ。行かないで。お願いだから」

トムはへらへら笑っている。かすみの真剣な言葉を真に受けていない感じだ。

「ここから一時間ほど走った山奥の森にさ、狩猟解禁エリアがあるらしいんだ。そこで撃つんだよ。だから合法的なスポーツなんだ。どうってこと、ない」

「信じられない。どうしてそういうことができるの。ひどいと思わないの。残酷じゃないの」

「おいおい、ちょっと待ってくれよ。人殺ししようってわけじゃないんだ。たかがハンティングじゃないか。スポーツだよ。それよりも、さ、まずは食べようぜ」

かすみは、運ばれてきた朝食の皿をじっと見つめた。フルーツサラダとスクランブルド・エッグズ。卵料理に添えられたチェリートマト。すぐには食べる気がしない。喉にハンティングという言葉が詰まっている。

「それにあいつらはね、ああ見えても、このへんの名士なんだよ。ひとりは商工会議所のお偉いさんで、ひとりはこの近くで巨大なブルワリーを持ってて、あとひとりはモーテルの経営者だ。みんな、大地主さ。とにかくつきあって、決して損はない奴らなんだ」

なるほど。金持ちは金の卵。金の木の生えているところには訴訟の種がある、というわけね。

押し黙っているかすみをよそに、トムはしゃべりつづけている。立て板に水。かすみはそんな日本語を思い浮かべている。なんてすらすらと、淀みもなく、なめらかに、この人の口からは、言葉が出てくるのだろう。自己を正当化するための言葉。相手に有無を言わせず、自分の主張を押し通してしまう言葉が。だが、当然のことかもしれない。この人は、そのような言葉で、世過ぎをしているのだから。

ハンティングによって、野生動物の過剰な繁殖が防げる、ですって？

ハンティングは環境問題にも貢献している、ですって？

そうやって、あなたはいつも——。

かすみはデジャブを感じていた。同じようなことが過去にもあったような気がしてならない。こんな場面がふたりのあいだに、何度も。

「開拓者の男たちが残してくれた、偉大な文化なんだよ。大切な伝統なんだ。食うか食われるか、生きるか死ぬか、弱肉強食、命をかけた過酷なサバイバルゲームの名残なんだな。ハンティングはアメリカの開拓精神の象徴なんだ」

「だから、どうだっていうの？」

かすみはせいいっぱいの抵抗を試みる。英語ではこの人に勝てない。言葉では勝てない。だけどこのまま引き下がるわけにはいかない。

だからどうだっていうの？　そんなのただの弱い者いじめじゃないの。弱いものをいじめて、自分の力を確認したいのね？　だから、あなたの生まれ育った国は、貧しい国に対して、空からどんどん爆弾を落とすことができるのね？　と、かすみは思っている。思っているが、それを口にはしない。なぜなら自分はそういう国の男を愛して、結婚し、そういう国に住んでいるのだから。

「ようするに俺は、俺のなかの男性性を再確認したいのさ。つまり俺が俺であることを証明したいんだ」

ようするに、証明したがりなのだ。言葉による証明。それで足りなければ物や金をも動員する。それで人を動かせると考えている。もしかしたらトムからの結婚のプロポーズは最初の中絶への、ミッドタウンの高級アパートは流産への、贖罪《しょくざい》だったのかもしれない、などと思ってみたりする。ああ、そんなことを、わたしに思わせないで、と、かすみは叫び出しそうになる心を抑えながら、言う。

「あなたの男らしさを確認するために、どうしてわざわざ動物を撃ち殺さなければならないの？　動物は、あなたの男らしさを証明するために存在しているわけじゃないのよ」

「きみには理解できないかもしれないが、男の世界には男のルールというものがあるんだ。男のつきあいというものがね。日本のサムライや企業戦士だってそうだろ。男同士のつきあいから始まるビジネスというのもあるんだよ。きみも子どもじゃないんだから、わかるだろう。何かほかに、質問ある？」

「ない。でも、わたしは嫌なの。嫌なものは、嫌。罪もない動物を撃ち殺して、何が楽しいの。男のメンツだか伝統文化だか知らないけれど、そのために動物を殺すなんて、最低じゃないの」

「待てよ。撃つのはきみじゃないだろ」

これ以上会話をつづけても、不毛な水かけ論がつづくだけのことだ。だいたい、弁護士に向かって一般人が議論を吹っかけても、勝ち目なんて、あるはずがないではないか。そう思ってからふいに、かすみはあることに気づいて、愕然とした。本当の問題は、争点は、ハンティングにあるのではないのかもしれない。ハンティングの是非は、沼の表面に浮かびあがってきた浮き草のようなものに過ぎなくて、沼のなかにはもっと醜い、もっと長い根がうねうねと蔓延《はびこ》っているのかもしれない。

かすみは、トムにも聞こえるような大きなため息をつきながら、チェリートマトにフォークを突き立てた。

外からは決して見えない、われわれ夫婦の根っこにあるものとは、「この人とは、いくら言葉を重ねても、どうしてもわかりあえないものがある」ということなのかもしれなかった。きっと、そうなのだ。かすみは思った。そうなのだ、この人は、ボクシングをして人に殴られて、実際に肉体的な痛みを感じなくては、他人の痛みは理解できない人なのだから。

　トムは、浮かない顔をしたかすみを、なんとか丸めこもうとして、まだしゃべりつづけている。かすみの脳のスイッチはとうに切りかえられている。英語はただのBGMでしかない。

「きみは肉が嫌いで、肉は食べない。それはきみの自由だ。だから俺はその自由を尊重している。きみはハンティングが許せない。その考えはきみの考えだ。俺はその考え方を否定はしない。尊重すらする。しかし俺はきみとは違う人間であり、異なった考え方を持っている。俺はハンティングをやってみたい。単に殺戮《さつりく》のゲームをやりたいだけじゃない。さまざまな理由から、俺はハンティングに興味を持っている。だから経験してみたい。これは俺の考え方だし、思考回路だ。きみはそれを尊重しなくてはならない。俺がきみの考え方を尊重するように、きみも俺の考え方を尊重するべきだ。それが正しいパートナーシップのあり方だ。俺はそう信じている」

　BGMは流れつづけている。とてもわかりやすい英語だ。幼子にも、英語ネイティブではない人にもわかるような。だからかすみにはその意味が全部わかってしまう。

「俺はただ、経験してみたいだけなんだ。経験してから、あらためて判断したいんだ。

きみは、そのような俺の自由を尊重しなくてはならない。きみにはそうする義務がある。俺はそう信じる」

とってもお上手。パチパチパチパチ。拍手を送るわ。なるほどね。あなたが「俺はそう信じる」と断言すれば、その瞬間に、あなたが言った内容はすべて普遍の真実に変わってしまうというわけね。あのときも、そうだった。あのときも、あのときも、そうだった。俺はこの選択が正しいと信じる。俺はこの解決方法が最善だと信じる。あなたが何かを信じたら、すべてが正当化されてしまう。

かすみは顔をあげて、口を開いた。やっとかすみの弁論の番がきたようだ。

「わかった。あなたの言いたいことは、とてもよく」

トムの目を、かすみはそっとのぞきこんだ。勝ち誇ったブルーの瞳が、かすみの茶色の瞳を見つめ返している。

「ひとつだけ、お願いがあるの」

「何でしょうか。僕の奥さま。愛する奥さんのお願いなら、なんでも聞きますよ」

ふたりは二、三秒のあいだ、見つめあっていた。

「もしも、あなたがどうしてもハンティングに出かけるというのなら」

トムが先に視線をはずした。

できるだけ明るい口調を心がけながら、かすみは言った。

「わたしもいっしょに連れてって」


森の入り口には、古びた看板が立っていた。

狩猟者に対する注意事項——以下のような服装が理想的。狩猟解禁時期はいつからいつまで。キャンプは禁止。違反した場合には罰金二百五十ドル。熊に出会ったときにはどうすればいいか。そんな項目の下に、森の地形を示す色あせた地形図が貼りつけられていて、その図のなかに、赤いマジックで囲まれた歪《いびつ》な輪が数個あった。

あの赤い輪は何なのだろう、と、かすみは思った。英語の文字を必死で追いかけた。説明文の意味がわかってくるにつれて、腋《わき》の下に汗がにじんできた。

輪のなかは狩猟区、輪の外は禁猟区。狩猟区のなかには動物のイラストが描かれている。七面鳥。野うさぎ。野ねずみ。ブラックベア。リスにキツネにタヌキ。ウッドチャック。ホワイトテイルという名の鹿。そして、かすみの知らないたくさんの種類の野鳥。「キャッツキル野生動物および鳥類、特別保護地区」。この森のなかに住んでいる動物たちは、ある日うっかり赤い輪のなかに足を踏み入れてしまう。そして突然、銃弾を撃ちこまれる。何のための特別保護なのか。赤いマジックで仕切られた天国と地獄。つまり、そういうことなのだった。

ドドーン、ドドーン、ドドーン。

三発の銃声が響いた。はるか遠く、森の奥の方から。それは、すべての感情を凍りつかせてしまうような音だった。かすみは反射的に、両耳を両手でふさいでいた。体中の内臓がねじれ、縮みあがった、と感じた。

かすみのそばで四人の男たちは黙々と、狩猟の準備を整えている。トムは男のひとりから、猟銃の使い方を教わっている。かすみはその説明を聞くともなく聞いている。

「な、どんなに不器用な奴でも撃てると思えるほど、単純だろ」

「ああ、そうだな。意外とシンプルなんだな」

バサバサバサと激しい羽音がして、何十羽というカラスが空に飛び立った。漆黒の鳥たちはそのまま低空をぐるぐる舞いながら、声をかぎりに鳴きつづけている。

カオカオカオカオ、カオカオカオカオカオ……。

空を引き裂くようなその鳴き声は、かすみの耳に、カラスが森の仲間たちに危険を知らせている言葉のように聞こえてならない。みんな、早く、早く、逃げなさい、と。

醜く腹の出た、ひとりの男がかすみの方を見て、にやりと笑った。

「あれはだれかがたった今、獲物をしとめた証拠なんだ。奴らは血と肉の匂いを嗅《か》ぎつけて、それであぁして騒いでいるのさ。よだれをたらたら垂らしてな。まったくいやしい鳥だぜ」

いやしいのは、あなたよ、とかすみは思っている。

蛍光色のオレンジ色のベスト、オレンジ色の帽子。足には長靴、胸には狩猟許可証と双眼鏡。背中には銃。

そんな格好で、五人は森に分け入っていった。

かすみだけは銃は携行していない。持たせてやる、と言われたのだが、断った。

「わたしは撃たないから。見学するだけでいいの」と。

先頭を歩くのはアレックス。そのうしろにジョン。ふたりはときどき小刀のようなもので、草や小枝をたくみに払っている。かすみとトムをはさんで、最後にボブ。石ころ道を登り、谷を渡り、沼地をやり過ごしながら、奥へ奥へと進んでゆく。道は獣道になり、やがて道なき道に変わった。それでも男たちは慣れた足取りで、すいすいと泳ぐように、歩いていく。かすみは濡れ落ち葉に足をすべらせたり、くぼみに足を取られたり、岩につまずいたりした。そのたびにボブかトムが手を貸してくれた。さっきまで晴れていた空は、いつのまにかぶあつい雲におおわれていて、風のなかにはときおり霧雨が混じるようになっていた。

「じゃあここから、ふた手に分かれるとしよう」

アレックスが振り返って、ボブに目配せした。ボブがうなずいて、アレックスとジョンは左に、ボブとかすみとトムは右に、進んでいく。そこから道はさらに険しくなった。ボブのうしろにトムがつづき、かすみはふたりのあとを必死でついていく格好になっている。ここではぐれてしまったら、ひとりでは進むことも、もどることも、到底できないだろうと思う。

出口のない森。

どうして、わたしはこんなところまで、来てしまったのか。ここでいったい、何をするつもりなのか。そんな思いが、かすみの胸のなかに渦巻いている。答えは、わからない。ただ、来てしまった、としか言いようがない。あるいは、来ないではいられなかった、というべきか。

「あのうしろで、しばらく待機だ」

ボブが指さす先に岩石のかたまりが見えた。背後にまわると、数人の人間がすっぽり入ってもまだ余裕のある空洞があった。肩を寄せあうようにして、三人は洞窟のなかに身をひそめた。ボブにすすめられて、彼が水筒に用意していた熱いココアを、かすみはほんのすこしだけ飲んだ。長い長い時間が過ぎた。いや、それはかすみにそう感じられただけで、実際は三十分か、そこらだった。

カサッ。

幼い子どもが落ち葉をそっと踏んだような、かすかな足音がした。岩陰から身を乗り出したボブが、唇にひとさし指をあてたまま、ふたりの方を振り向いた。それから、手のひらをゆっくりと動かして、トムに合図をした。トムは「わかった」という風にうなずいた。ボブが口を大きく開けて、だが声は出さないで、トムに何かを言った。かすみにはその言葉は読み取れなかった。

トムは地面に這いつくばったまま、銃をかまえている。ボブは双眼鏡を目に当てている。ボブがまた、何かを言った。ボブの親指が立っている。もしかしたら「撃て」と言ったのかもしれない。トムはうなずいて、銃をかまえ直した。かすみはふたりの男のうしろにいる。息を殺して、トムの銃口の先を見つめている。どうぞ、当たりませんように。どうぞ、失敗しますように。そう祈りながら。鹿に、心の底から必死で呼びかける。早く、逃げて。上手に、逃げて。足音をさせないで、逃げて。

ドバーンと、まず一発。すこしだけ間を置いて、ドバーン、ドバーンと二発。トムはついさっき習った通りに撃った。狙いをつけたら三発つづけて撃つんだと、ボブはトムに教えていた。

「でっかいのが倒れた。茶色のでっかい奴だ」

トムが頬を紅潮させて言った。声が一オクターブ高くなっている。

「おまえ、やったじゃないか」

と、ボブが声をかけた。

トムとボブは銃を背負ったまま、獲物が倒れていると思われる方角に向かって、小走りに駆けていった。かすみも岩窟の外に出て、ふたりのあとを追った。遠くの方で、カラスがグアグアグアと鳴き始めた。その声はたちまち近づいてきて、耳をつんざくような激しいわめき声に変わった。わめき声は空から地上の人間たちをめがけて、矢のように降ってきた。

子鹿だった。

おそらく今年の春に生まれたばかりの。なぜなら、生まれたときに体についていた白い斑点の痕《あと》が、まだうっすらと残っていたから。

春風の吹き抜ける、あたたかい野原の草地の上で、小鳥たちの祝福の声に包まれて、この子鹿は生まれた。すぐに立ちあがって歩くことを覚え、危険から身を守る方法を教わり、森のなかで生きていく術《すべ》を身につける。小さな体から斑点が薄れ始めるころ、母鹿は、せがまれても乳を与えなくなり、あとをついてくる子鹿をわざと遠ざけるようにする。そしてある日、子鹿を置いてきぼりにして、姿を消す。

母鹿から自立したばかりの子鹿が、歯ぎしりをしながら、もがき、苦しんでいた。あお向けに倒れて、四肢を天に向けて、無茶苦茶に動かしている。何とかして立ちあがろうとしているのか。かっと見開かれた目は、黒目と白目が逆転して、ほとんど白目だけになっている。口の横からまっ黒な舌がべろんとのぞいている。泡を吹いている。脇腹のあたりに穴が開いていて、そこから血液がだらだら流れ出している。かすみは思わず目を閉じた。ぎゅっと思いきり閉じて、それから開けた。見てはいられない。でも見ないでどうする。今、この光景から、目をそむけてはならない、そんな思いにとらわれている。

「むむ。これはやばいぜ」

ボブが言った。

「見ろよこいつ、赤いたすきをかけてるだろ。畜生。確認したんだがなあ。なんで見えなかったんだろう」

子鹿の体にはすでに血液がべったりとこびりついていたから、とっさにそれとはわからなかったが、よく見ると、確かに、首から胸のあたりにかけて、赤い紐《ひも》のようなものが巻きつけられている。このたすきをかけた動物は、調査研究用生物に指定されていて、動物保護団体の厳重な保護下に置かれている。たとえ狩猟解禁地域で見つけても、撃ってはならない。人間にはある程度、慣れてしまっているので、ほかの野生動物にくらべると、いともたやすく撃ててしまう。が、間違って撃ってしまった者は、懲役か多額の罰金かのどちらかを選択して、しかるべき懲罰を受けなくてはならない。ボブは早口で説明した。それから断末魔の苦しみを味わっている鹿を横目でにらみつけて、「ちぇっ」と舌打ちをした。

「なんでこいつがこっちに入ってたんだ？　ったく、ついてないぜ」

「罰金は払う」

トムはすかさず言った。

「いくらでも払う。金はあるんだ。いくらでもいい。ただし、あんたに、だ。俺の言ってることの意味、わかるだろ？　なあボブ。これはまじめな交渉だ。あんたに支払う罰金だ。金額はあんたが決めてくれたらいい。どうだろう」

「ああ、かまわない。あのたすきさえ取っ払っておけば、だれにもわかりゃあしない」

男たちのやりとりを聞きながら、かすみはもがき苦しんでいる子鹿を見つめつづけていた。何とかして、この命を助ける方法はないものか。ないに決まっている。そんなものは、ないに決まっている。そのとき、かすみの耳に、声が聞こえてきた。それはかすみ自身の声だった。まっぷたつに裂けた心の裂け目から、噴き出してくる自分の叫び声を、かすみは聞いていた。

あなたは、何のために、生まれてきたの？

こんな風に苦しみながら死ぬために、生まれてきたんじゃないでしょう？

なぜ、あなたは殺されなくてはならないの？

「ようし。交渉成立だ。その前にまず、こいつをちゃんと始末しないとな」

ボブが言った。そして命じた。

「とどめをさせよ。頭を狙うんだ」

トムはふたたび銃をかまえた。目と目があうほどの至近距離からだ。子鹿はトムを見あげている。瀕死の状態にありながらも懸命に抵抗をつづけている。激しく手足をばたつかせて。バン。バン。トムが撃った。肉に食いこむ鈍い音。だが、鹿はおとなしくならない。バン。また撃った。当たらない。弾は子鹿の耳のそばの地面にめりこんだ。

「何してんだ。頭を狙えよ。顔でもいいんだ」

ボブが叫んだ。

「わかってる」

トムが答えた。

ふいに、子鹿の目がかすみの目を見た。恐怖のなかに、生命の最後の輝きを宿した瞳。「助けて」。目はかすみにそう訴えていた。

かすみはトムに言った。

「わたしに銃を貸して」

驚いて、かすみのほうを振り返り、どうしたものかとためらっているトムの手から、かすみは猟銃をむしり取るようにして奪った。

「わたしにやらせて」

「きみには無理だよ。暴れてるから、当たらないんだ」

「いいから、やらせて」

かすみは銃を手にして、鹿のそばに立った。両足を心持ち開いて、銃をかまえた。狙いを定めて、引き金を引いた。簡単だった。撃った瞬間、手のひらがしびれた。しびれは腕から肩に、肩から首を伝って、脳天まで突きあげてきた。かすみの撃った一発は、鹿の脳を貫通した。鹿はぴくりとも動かなくなった。

「わーお。すっげー。あんた、うまいじゃないか」

ボブが大げさに、かすみを褒《ほ》めた。それからトムに向かって「あんたの奥さん、筋がいいねえ」と言った。それに対して、トムが何かを言った。つぎにトムはかすみの顔を見て、何かを言った。しかしそれらの言葉は、かすみには理解できなかった。口をパクパクさせているだけのように見えている。何も聞こえない。たった今、わたしは死んだ。かすみはそう思った。いいえ、わたしは殺された。自分の手で、この銃で、わたしはとどめを刺したのだ。自分自身に。わたしの体は抜け殻《ぬけがら》になった。わたしに魂というものがあったとしたなら、それは永遠にわたしの体にもどってくることはなく、ここに置き去りにされたまま、この森のなかをさ迷いつづけるだろう。出口をさがして？　いいえ、何もさがさないで。

トムとボブは両手を血まみれにしながら、ぐったりしている子鹿のそばにひざまずいて、小さな体にからみついた紐をはずそうと、躍起になっていた。

かすみはトムのそばに歩み寄っていった。野球帽をかぶっている夫の後頭部に、銃口をそっと押し当てた。

「おやおや、鹿のつぎは亭主にとどめをさそうってか。はははは、それもいいかもな」

と、ボブが笑っている。笑いながら言った。

「冗談きついぜ、奥さん」

トムは明らかに不愉快そうな口調で言った。

「おいキャス。よせよ」

かすみは黙っていた。突きつけた銃口を離さなかった。どう？ 怖い？ あなたが経験したかったことは、これなんじゃないの？ ねえ、これって、男の文化なんでしょ？ ぐりぐりと銃を押しつけながら、そんなことを思っている。トムはひざまずいた姿勢のまま、頭《こうべ》を垂れるようにして、じっとしている。かすみはまるで死刑執行人になった気分でいる。ああ、あわれな罪人。かわいそうな、わたしの死刑囚。だけど、殺される値打ちもない男。

「離せよ」

死刑囚の言葉は、命令から懇願に変わった。

「離してくれ」

かすみは、腕にこめた力をゆるめないで、言った。

「あなたに話があるの」

「何だい」

「よく聞いて」

「ああ。聞くさ。その前に、そのおっかないものを、下ろしてくれるとうれしいんだが」

深呼吸して、かすみは同じ言葉をもう一度、言った。

「話があるのよ」

「わかった、よく聞く。ちゃんと聞く。ひとこともらさず、聞く。だからまず銃を引っこめてくれ。話はそれから聞く。落ちついてくれよ。カームダウン、プリーズ、アーユーオーケイ?」

ボブはかすみの気配にただならぬものを感じたのか、呆然として、なす術もなく、トムのそばにしゃがみこんでいる。頭を抱えている。とんでもないことに巻きこまれそうだ、とでも思っているのかもしれない。

わたしはオーケイじゃない、と、かすみは声には出さないで、答えた。冷たい引き金に指をかけたまま、おそらく、あと一発を残しているだけの銃の重みを、かすみは脳裏に焼きつけておこうとした。これが、わたしの最後の記憶になるだろう。

「妊娠してるの」

だけどわたしは――。

そのあとの言葉を、かすみはうまくつづけることができない。言葉はすべて死んでしまっている。ついさっき、自分の手で、撃ち殺してしまった。だからつづきは、この銃口に語らせるしかない。わたしは、妊娠している。幼い命を。わたしが妊娠していたのは、あの子鹿だった。わたしが殺した。わたしは壊れている。憎んでいる。愛していない、もうだれも。

それからかすみはゆっくりと、銃の向きを変えた。

ハドソン河を渡る風

Foundations of Strength

自分を幸せにするのは、自分自身でしかない、というのが彼の持論だった。

離婚のごたごたに巻きこまれていたるり子を、彼はそう言って、励ましつづけてくれた。

彼はつやつやと輝く黒い髪の毛と、カフェオレ色の美しい肌をもっていた。すらりと背が高くて、どこにも余分な肉のついていない体。しなやかな手足には「野性」という言葉がよく似合う、と、るり子は思った。一月生まれの彼は水瓶座で、三月生まれのるり子は魚座。彼と抱きあっていると、むしあつい夏にはひんやりとした谷川のせせらぎを感じることができたし、凍《い》てつくような冬でも、あたたかい南風に包まれることができた。

名前を、プリスウィッシュといった。

インド系アメリカ人だった。出会ったとき、プリスウィッシュはマンハッタンでタクシーの運転手をしていた。

「あのとき、あなたがいてくれなかったら、わたし、道に迷ったまま、どうなっていたか、わからない」

そんなるり子の言葉に対して、プリスウィッシュは即座に「ノー」と言った。

「それは違う。僕がいてもいなくても、きみはだいじょうぶだったと思う。きみはきみ自身の力で問題を解決したんだ。僕の力でも、だれの力でもない。きみの力だったんだよ」

「そうかな」

「そうだよ。問題を起こしたのもきみなら、それを解決したのもきみなんだ。パワーはいつもきみのインサイドにある。きみの外には何もないんだ。外からの力では、人は何も動かせないし、変わることもできない。きみに必要なことは、その内なるパワーをもっと信じることだ」


るり子が日本を離れたのは三十一歳のときだった。

大手都市銀行の東京本店に勤める夫、鈴木順平のニューヨーク支店赴任にともなって渡米した。結婚して、五年が過ぎようとしていた。

短大の英文科を卒業したあと、イタリアの家具の輸入を取りあつかっている会社で事務員として働いた。二十六歳のとき、順平とお見合い結婚をした。結婚しても仕事は辞めなかった。その仕事がとても気に入っていた、ということもあるけれど、高校生のとき、父親をガンで亡くしたるり子は、残された母親がそれまで「これ」といった仕事をもたずにきたせいで、女手ひとつでるり子と妹を短大までいかせるために、さまざまな苦労をかさね、辛酸をなめるのを間近で見てきた。だから仕事は無理をしてでもつづけていこうと思っていた。順平も、るり子が働くことには賛成だった。ただし「子どもができるまで」という条件つきではあったのだけれど。

結婚生活は円満だった。すくなくとも、まわりの人々の目には円満に見えていただろう。「幸せな結婚とはこんなもの」と思いこみ、幸せの意味を深く追求することさえしなければ、るり子は幸せだった。

アメリカに渡って、最初に住んだのは、ニュージャージー州にあるクリフサイド・パークという町。

こぎれいで、上品で、つん、とすました感じの住宅街。きっちりと刈りこまれた芝生の前庭に落ちている、たった一枚の落ち葉を神経質に拾って、ごみ箱に捨てにいくような、そんな人が住んでいそうな地区。その一角にあるコンドミニアムの一室を、銀行が用意してくれていた。夫婦の寝室のほかに、ベッドルームがふたつ。リビングルームの窓からは、ハドソン河を隔てて、かなたにマンハッタンの摩天楼をのぞむことができた。

コンドミニアムにはるり子と同じように、夫の転勤にくっついてきた日本人女性が五、六人ばかり、暮らしていた。ちょっと足を延ばせば日本人街フォート・リーがあったし、車で十五分ほどのところには、日本の食料品なら何でも手に入る大型スーパーマーケットもあった。

るり子は、引っ越しのかたづけを終えると、まっさきにニュージャージー州の運転免許証を取った。

毎朝七時に車で家を出て、るり子は順平をフェリー乗り場まで送りとどける。順平はそこから七時二十分発のフェリーに乗って、ハドソン河を渡り、マンハッタンにある会社まで通勤する。始業時間は八時半。帰りは順平からの電話を待って、迎えにいく。

けれども、半年もしないうちに、迎えにいく必要はなくなった。順平の銀行が他の都市銀行と合併したことから、仕事量がふえ、帰宅時間は毎日、深夜におよぶようになった。最終のフェリーに乗れない日が多くなり、そんな夜、順平はタクシーで帰宅するか、会社に泊まりこむか、するようになった。

アメリカへの転勤が決まったとき、るり子はひそかに期待していた。会社よりも家庭を大切にするというアメリカ人の生き方に影響されて、順平も仕事中心の生活から、すこしは脱却してくれるのかもしれない、と。

それだけではない。

アメリカに住むようになれば、何かにつけて、夫婦の暮らしに干渉してくる口うるさい姑から解放されて、ふたりだけの時間をのびのびと過ごし、ふたりの関係を見つめ直し、そして深める時間をもてるようになるのかもしれない、と。だからるり子は迷うことなく、会社を辞めて、順平についてきた。

けれど、ある日ふと気がついたら、東京で繰り返していた生活を、ただ場所だけを変えて、アメリカでつづけている、という風になっていた。

順平と、会話らしい会話を交わすのは朝、ほんの五分か十分か、そこら。新聞を読みながらコーヒーを飲んでいる順平の背中に向かって、キッチンに立って朝食をつくりながら、話しかける。話す時間は今しかない、と切実に思っているから、るり子の言葉数はどうしても多くなる。それに対して夫から返ってくる言葉は、せいぜいふたことか、みこと。

「そうそう、テニス習いにいきたんだけど、いいかな。週に三日で一ヶ月五十ドル。運動不足解消。それもあるけど、木島さんの奥さんに誘われたので断りにくいの」

木島というのは、順平と同じ銀行に勤めている人で、いわば順平の先輩社員にあたる人物。るり子は木島の妻の紹介で、ニュージャージー州およびその周辺在住の日本人妻が、情報交換と親睦のためにつくっている「さくら会」のメンバーに加えてもらった。

月に一度、お茶会と称する集まりが、だれかの家で催される。みんなそれぞれ、日本料理を一品だけつくって、持参する。ちらし寿司とか、ひじきの煮物とか、コロッケとか、冷たくなった天ぷらとか、鮭の南蛮漬とか。そんな料理をつまみながら、日本語で話す。新しい人が入ってきたときには、名刺を交換する。交換されるのは、夫の名刺。だからみんな、メンバーのファーストネームをなかなか覚えられない。るり子は「鈴木さんの奥さん」と呼ばれる。「○○銀行にお勤めの」と会社名を冒頭に置く人もいる。

「ね、いいかしら？」

「ああ、いいんじゃない」

順平は気のない返事をする。

「ね、順さん。今夜は何時ごろ帰れそう？　十二時ごろとか」

「ううん、そうだな、それは、何ともいえない」

「忙しいんだね」

「………」

わかりきったことを訊くなよ、と言いたげな沈黙。るり子はそれ以上、何も言えなくなってしまう。

ラジオをつけて株式ニュースを聴き始めた順平の、厳しい横顔を見るともなく見ているるり子の胸のなかを、「この人にとって、わたしはいったいどういう存在なんだろう」という思いが、よぎる。でもこれについて、深く考えるのはよそう、と、るり子は自分に言い聞かせるように、思う。

そうこうしているうちに、車を出さなくてはならない時間がやってくる。助手席に乗りこむと、順平はすぐに携帯電話を取り出して、どこかに連絡をしている。もう、彼の仕事が始まっている。

夜はほとんど毎晩、ベッドのなかですでに半分、眠っているような状態で、るり子は順平に「おかえりなさい」を言う。ぐっすり寝入っていて「おかえりなさい」は言えないこともある。夢のなかで「おかえりなさい」と言っていても、朝、目覚めたときにはひとりだった、ということもある。東京で暮らしていたころから、順平からはこのように言い渡されていた。起きて、俺の帰りを待っていなくてもいい。さきに寝ててくれ。待っていられると思うと、かえって気が重くなるから、と。

アメリカで暮らすようになれば、そういうこともなくなって、順平は毎日、定時に仕事を終えて家にもどってくる。夕飯はかならず、いっしょに食べる。食べながら、その日あったことを話す。わたしが話しかけるのは彼の背中ではなくて、彼の顔。休日にはふたりで散歩――るり子は散歩が大好きだった。けれども順平とは数えるほどしか散歩したことがなかった。本当に指を折って数えられるくらいしか――をしたり、映画を見にいったり、買い物に出かけたりする。レストランで、仲よく食事をする。もしかしたら、そういう生活ができるのではないか。そうして、この人と結婚してよかった、と、心の底から思えるようになるのではないか。

アメリカに住めば。

それは、浅はかな望みだった。そのことに気づくのに、時間はそれほどかからなかった。こんなはずじゃなかった、と、一日に何度かは思った。

こんなはずじゃ……。

離婚の理由は、ひとつではなかった。

いくつもの理由が重なりあっていた。それは、いつまで経っても花を咲かせようとしない鉢植えの植物の根が、鉢のなかで複雑にからみあい、こんがらがっているのと似ていた。

だが結局、植物が枯れていく原因は、ひとつしかない。もつれあった根がもつれたまま、鉢の内側をぐるぐるまわりつづける。幾重にも幾重にも重なりあった根は、自身にからみつきながら、出口を求めて、暗い鉢のなかをさ迷いつづける。根はついに弱りきってしまい、水分を吸いあげる力を失ってしまう。それでも何とかして生きのびようと、根はさらに根を出す。植物はまわりつづけることをやめられない。まわりながら、植物は死ぬ。

すれ違いの生活。心の通いあわない生活。体裁だけととのえた結婚生活。

三年間暮らしたコンドミニアムをひとりで出ていくことになったとき、るり子はベランダで育てていた鉢植えをどうしたものかと思案しながら、ながめているうちに、気がついた。わたしたちには共通の言語がなかった。

日本人同士でありながらも、たがいの感情、たがいの胸のうちを伝えられる共通の言葉をもっていなかった。いいえ、言葉でなくてもよかったのかもしれない。つなぎあった手のひらのぬくもりでも、重ねあった肌の感触でも、ふと目と目があったとき、まなざしのなかにこめられる、何げない優しさでもよかった……。


順平と別れて、るり子が移り住んだのは、ブロンクスのジャクソン・アベニューという町だった。町のはずれにプリスウィッシュの暮らしている部屋があって、離婚が成立した直後に、るり子はほとんど身ひとつで、そこに転がりこんだ。

三十四歳のときだった。

マンハッタンをずっと北にあがっていくと、ハーレムがあって、そこからハーレム川を渡って、さらに北上したあたり。決して治安のよい場所ではない。

天井だけがやたらに高いワンルーム。中二階に、縄梯子《なわばしご》を伝ってのぼっていく粗末なシングルベッドがしつらえられていて、リビングルームのすみっこをカウンターで仕切っただけのキッチンが、おまけみたいにくっついていた。エレベーターはしょっちゅう壊れて、動かなくなった。そのたびにるり子は、両手に買い物の袋をどっさり提げて、はあはあ息を切らしながら、七階まで、非常用の鉄階段をあがっていかなくてはならなかった。

「ハーイ」よりも「ファックユー」の方が、頻繁に使われるような、そんな街。通りを歩いていると、よく「あんた、ヤク吸うかい」と声をかけられた。

「けっこうです」

「なんでだ？　いいブツがあるんだ。お安くしておくぜ」

「いりません」

「ちぇっ。生意気な口ききやがって。俺さまが一発やって天国にいかせてやろうか、このクソッタレ」

そんな風に言われても、るり子は怖いとは思わない。毅然とした態度で、はっきり「ノー」と答えを返せば、それ以上しつこく、つきまとわれることはないとわかっているから。

ビルの前の通りでは、真夜中から明け方まで、近所に住んでいるアフリカ系やラテン系のティーンエイジャーたちが、ラジカセのボリュームをめいっぱいあげて、思い思いに踊り狂っていた。大音響のラップにおおいかぶさるようにして、鳴り響くパトカーのサイレン。救急車のライトの点滅。車の盗難防止の警報が壊されて、パオパオパオ。窓ガラスが割れる音。激しい口論の罵声と、悲鳴と、怒号と。ファックユー、ファックユー、ファックユー。オーボーイ、オーノー、マイガーッド、ジーザス・クライスト、ファックユー。

はじめてその部屋で過ごした夜、るり子は朝まで一睡もできなかった。

「きっと慣れるよ。僕は三ヶ月で慣れたから」

るり子のまっすぐな髪の毛を、指で優しく梳《す》きながら、プリスウィッシュはそう言った。

プリスウィッシュと出会ったのは、アメリカに来て二年めの夏。

ある雨降りの日、るり子はプリスウィッシュの運転するタクシーを拾って、車内に傘を置き忘れた。順平と新婚旅行で訪ねたパリで、にわか雨に降られたとき買った傘だった。順平との思い出の品を、またひとつ、なくしてしまったことに気づいても、とくに悲しいとは思わなくなっていた——そんな傘を、プリスウィッシュが三日後、わざわざコンドミニアムまで届けにきてくれた。

——あれが、ふたりのストーリーの始まりだった。

「雨の日に、あなたが濡《ぬ》れるといけないと思って」

彼は傘を手渡しながら、るり子に言った。優しい響きの英語だと思った。

「それに、このあいだ、車のなかで、あなたの顔は泣いているように見えたから」

るり子は目をまんまるにして、驚いた。

「どうして……」

そんなことがわかったの？　という言葉は、喉のあたりでつっかえてしまった。胸が熱くなっていた。溺《おぼ》れかかっているところに、見知らぬ人から思いがけず手がさしのべられた、そんな気がした。あの日、確かに、わたしはマンハッタンで拾ったタクシーのなかで、泣いていた。涙こそ流してはいなかったけれど、心のなかは涙の洪水だった。順平の愛人のアパートメントをたずねた、帰りだったのだから。

そんな話はもちろん、その日にはしなかった。ただ、プリスウィッシュを部屋に招き入れて、紅茶をいっしょに飲んだ。電話番号を交換した。アメリカに来て、はじめてできた、アメリカ人の友人。るり子にとって、プリスウィッシュはそういう存在になった。

プリスウィッシュはニューヨークで生まれ育った。生まれたのは、マンハッタン島の対岸にあるサウス・ブルックリンという町。それから、ダウンタウンに近いイースト・ビレッジへ移り住み、その後マンハッタン近郊にある住宅街、クイーンズに引っ越した。

両親は、彼が幼いときに離婚して、母親は赤ん坊だった弟だけを連れて、カルカッタにもどった。父親はコンピュータ関係の企業に、技術者として勤めていた。プリスウィッシュが十歳になったときに、父親は会社で知りあった人と再婚した。継母との関係はうまく結べた。けれども高校三年生のとき、進路のことで父親と意見が食い違い、ある日それが大喧嘩に発展して、爆発した勢いで、彼はクイーンズにあった家を飛び出してしまった。それ以来ずっと、父親にも継母にも会っていないという。

プリスウィッシュは、何回めかのデートの最中に、るり子をジャクソン・アベニューのアパートメントに招いた。たがいの情熱を、抑えなくてはならない理由は何もなかった。愛しあっているふたりだったから、情熱のままに行動すれば、それが一番美しい形になった。ベッドのなかで、るり子の体を抱いたまま、プリスウィッシュは自分の生い立ちをひとしきり語った。そして最後にぽつんと「僕はアメリカに産み落とされた、アジアの孤児のようなものだ」と言った。

「インドとアメリカ。どっちに親近感を覚えるかというと、それはやっぱりアメリカなんだね。自分のことは百パーセント、アメリカ人だと思っている。インドに旅したときにはまるで、外国旅行をしているようだと思った。だけど僕のなかには、どうしようもなく、湧き出してくるようなインドへの憧憬《しょうけい》があるし、こだわりがある。それはもう救いがたいほど激しく、根深く。ハンバーガーを食べて、コーラを飲んで、NBAに夢中になりながら育ったくせにね。そんなとき、自分はみなしごなんだと感じる。アメリカ人でもなく、かといってインド人でもない」

るり子は、熱心に話すプリスウィッシュの瞳を縁取る、長いまつげを見つめながら、思っていた。この人の気持ちが、わかるような気がする。わたしも、ひとりぼっち。

るり子もまた、そのとき、アメリカという海に放り出されて、帰る場所もなければ、どこへゆくあてもない、これからどうやって生きていったらいいのか、わからない、溺れかかった一匹の金魚だった。

　順平から、知らされたばかりだった。自分にはほかに好きな女性がいる。その人は日本からの留学生で、今、妊娠している、と。このことはもっとあとで知ることになるのだけれど、ふたりはニューヨークで知り合ったのではなかった。彼女は東京から順平を追いかけて、やってきていた。

「どうすればいいの、これからわたしたち」

　ごみ箱に投げ捨てられたスリッパのようだ。るり子は自分のことをそんな風に思った。

　捨てた人は、両手で頭を抱えながら、言う。

「きみの好きなようにしてくれたらいい。俺はきみの決定を甘んじて受けるから。悪いのはすべて俺たちなんだし」

　俺たち、という言葉に打ちのめされた。さりげなく出たその言葉に、るり子は順平の決意のかたさを読み取った。この人には迷いもなければ、ためらいもない。捨てたスリッパに未練など、これっぽっちもない。なのに、この落ちついた、優しげな言い草はいったいどういうことなんだろう、と、るり子は思っていた。いっそ、おまえなんか大嫌いだ、顔も見たくない、と言ってくれたらいいのに。結局この人は最後まで、わたしに心をゆるしてはくれなかった。

「そんなこと言われても、ほんとにどうすればいいのか、わからない」

相手の女性は「子どもは産む」と断言している、という。

「きみの納得がいくようにしてくれ。悪いのはすべてこっちなんだから。きみはどうしたいんだ？」

「どうしたいって、そんなこと言われたって、わたしだって、どうしたらいいか、わからないわよ」

「したいように、してくれたらいいんだ」

「どうしてそんな無責任なことが言えるの。一方的じゃない？」

「責任は取る。だからきみのしたいようにしてくれたらいい」

「いきなりボウリングの球をぶつけられて、倒れたピンに、おまえは勝手に起きあがれとでも言いたいの？」

「だから、責任を取ると言っているじゃないか」

「責任って……」

「具体的な金額を言ってくれて、かまわない」

まるで、るり子の方から「それじゃ、離婚しましょう」と切り出すのを待っているような、灰色の一枚の壁のような、順平の表情を前にして、るり子は泣くことさえできなかった。こんな人のために、こんなことのために、涙はひとつぶだって流したくない。そう思いながら、るり子はもちこたえていた。わたしは泣かない。絶対に、泣かない。泣いてやるもんか。それは、るり子の最後の意地であり、誇りであったのかもしれない。


洋服と身のまわりのものを詰めこんだ旅行鞄をふたつだけ持って、るり子はプリスウィッシュの部屋に引っ越してきた。

順平との離婚が成立して、まもないころだった。順平が日本にもどって離婚の手続きをしているあいだに、るり子はコンドミニアムの荷物の整理をする、という段取りになっていた。たとえるり子の持ち物であっても、順平のお金で買ったものはすべて、救世軍に寄付をした。

日本にもどる、という選択肢はるり子にはなかった。年老いた母親は叔母の家に身を寄せていたし、妹は結婚して長野県の田舎に嫁いでいたし、るり子にはもどるべき実家というものがなかった。

あったとしても、るり子は「日本に帰りたい」とは思わなかっただろう。どうせひとりでやっていくのなら、日本もアメリカも同じこと。それに、離婚したからといって、周囲からとやかく言われたり、他人から色眼鏡で見られたりすることのまったくないアメリカの方が、むしろ気楽でいい、と、るり子は考えた。これは、短いアメリカ滞在経験から悟ったことだった。アメリカ人なら、ひとりの例外もなく、るり子の離婚には無関心でいてくれる。でも日本にもどれば、そういうわけにはいかない。色んな人が、あれこれ干渉してくるのはわかりきっている。るり子はだれにも同情されたくなかったし、「だれかいい人、紹介しようか」とか「あなたもまだ若いんだから、きっとそのうちにいい人が見つかるわよ」などと、言われたくもなかった。

アパートメント探しを始めた矢先に、プリスウィッシュから「それならいっそ、僕のところに来ないか」と誘われた。

「どうせどこかに引っ越すなら、うちに来ればいい。これはもちろんプロポーズだ。

いずれするつもりのプロポーズを、ちょっと早めにしただけのこと。もちろん、きみの気が進まなければ、僕は辛抱強く待つけれど」

「気が進まないわけ、ないじゃない……でも」

プリスウィッシュとつきあい始めて、まだ一ヶ月も過ぎていなかった。それに、わたし、まだ離婚したばかり。るり子がおずおずとそう言うと、プリスウィッシュは笑い飛ばした。

「何言ってんだい。晴れてシングルになったんだから、だれとつきあおうが、だれと住もうが、きみの自由じゃないか。それに、つきあった年月の長さなんか、関係ないと僕は思うね。人と人の親しさは、会った回数とか時間とかでは決して計れないものだと思うよ」

るり子も同じことを思っていた。そう、確かに、その通りだと思う。どんなに時間や言葉を重ねても、決してわかりあえない人がいるかたわらに、たった一本の傘で、結ばれてしまう人がいる。

自分のどこに、こんな勇気と情熱があったのか。自分でも驚きながら、るり子はためらいを切り捨てて、まっすぐにプリスウィッシュのもとに飛びこんでいった。もしも運命というものがあるとするなら、やはり自分は、その運命の力に引っぱられているのだ、と思った。

でも、プリスウィッシュの考え方は違っていた。

「それはるり子のパワーだったんだよ」

彼は言った。

「運命なんていうものは、あって、ないようなもの。すべてはきみが、きみ自身の手で選び、決断しているんだ。出会いには、偶然性というのが確かにある。だけど考えてごらん。人は毎日毎日、無数の人々に会っている。数えきれないほどの出会いのなかから、大切な出会いを選び取ったのは、きみの力なんだよ」

「そうかな。わたしにそんな力、あったのかな」

「あったんだよ」


ふたりでいるとき、プリスウィッシュはよくしゃべった。るり子もよくしゃべった。話は尽きなかった。しゃべり疲れて眠ってしまっても、朝が来るとふたたび、ふたりのあいだに、話したいことがふつふつと湧きあがってくるようだった。

　ある夜、昔つきあっていた人のこと、どうしてその人とはうまくいかなくなったか、プリスウィッシュはるり子に語って聞かせた。

「アメリカが押しつけてくるファミリーバリューというのが、僕は大嫌いでね。お父さんとお母さんのあいだに子どもがいて、みんなで仲よく暮らしています。犬と猫も一匹ずつ飼ってます。郊外の瀟洒《しょうしゃ》な住宅街に、白い壁のマイホームがあって、ガレージに車は二台。日曜日には夫が外でバーベキューをしてくれます。ああ、それのどこが幸せな家庭なんだ？　冗談も休み休み言ってほしい。外観だけ整えたって、幸せな家庭なんて、できやしないんだ。家庭像なんて、百人の人間がいたら百通りあって当然じゃないか。なんで、ひとつなんだ？　でも僕の昔の恋人はどうしても形をほしがった。僕の考える幸福とは、そういうものとは違う。でも彼女には理解できなかった。毎日毎日そのことで口論になって、そのうちおたがいに疲れてしまって、ある日、とうとう限界がやってきた」

「わたしの場合、離婚の原因は、夫婦のあいだにそもそも、会話がなかったってことかな」

「会話がなかった？」

「うん」

「それはカルチャーショックだなあ。会話なしで、いったいどうやって生活していくんだい？」

結婚とは、ふたりで植物を育てるようにして、育てていくもの。死ぬ直前まで、恋愛の現在進行形でありたい。それがプリスウィッシュの結婚観であり、恋愛観だった。るり子にとってはそうした考え方はもちろんのこと、それを言葉にして語って聞かせるプリスウィッシュのそのやり方が、新鮮な驚きであり、あらがいがたい魅力だった。

「たがいに、自分を育てるということを忘れてはだめだと思うんだ。常に自分を育てる。ひとりひとりが自分を育てながら、ふたりの関係を育てていく。決して相手に育ててもらおうと思っちゃいけない。はじめて会ったとき、僕はきみのなかに、そういう強さを見た。この人とならそういう関係が築けるかもしれない、と思った」

強さを見た、という言葉を、永遠に忘れないでいよう。これは大切な言葉、と、るり子は直感でそう思った。同時に、亡くなったるり子の父も昔、同じようなことを言っていた、そんな記憶がよみがえってきた。

末期ガンと闘いながら、苦しみ抜いている病床に、父はるり子を呼んで、言った。

「強い女性になりなさい。強い人間は美しい」。高校生だったるり子には「強い人間は美しい」という言葉の真意は、わからなかった。

——でも、今のわたしにはわかる。

ふたりが暮らしていたビルのなかと、向こう三軒両隣には、ありとあらゆる人種の人々が暮らしていた。

メキシコ系のおばさんもいれば、ロシア系のおじさんもいた。深夜のダンスに興じるアフリカ系の子どもたちとは、教会のバザーで知りあって、仲よくなった。階下に住む中国系の老夫婦とは、ときどき料理や食材の交換をした。助けあいとか、ご近所のつきあいとか、そういうものがまだちゃんと生きている町だった。日本人とインド人——アジア人同士——のカップルは、決してめずらしい組み合わせではなかった。むしろ、このごった煮のような街のなかに、しっくりと溶けこんでいた。まるでふたりは幼なじみで、昔からそこで暮らしていたかのように。

「異人種のカップルにとって、アメリカはどこよりも住みやすい場所」という点で、ふたりの意見は一致していた。なぜなら、「この国では、人と同じである、ということよりも、いかに他人とは異なっているかが、その人の魅力になるから」

　プリスウィッシュは過去に、インド系の人とも、そうでない人とも、つきあったことがあった、と、率直に語った。るり子のことは「日本人だから」好きになったわけではないけれど、「アジア人だから」という安堵感は確かにあるね、と言った。

「でも最終的には、人種なんて関係ない。きみが日本人であるということは、きみという人間が仮に一万個の要素で成り立っているとすれば、その一万分の一でしかないと思う」

　るり子もまた、自分は日本人である、というよりもむしろ、アジア人である、と実感できることの、居心地のよさを感じ始めていた。それは、アメリカという国の持っている、心地よさなのかもしれなかった。

　一ヶ月もしないうちに、るり子は深夜の騒音にも慣れて、外がどんなにやかましくても、ぐっすりと眠れるようになった。

　薄汚いビルの七階から見えた、まるでごみ箱を引っくり返したような街のながめを、るり子は今でもよく、自分の生まれ育った町を思い出すように、なつかしく、いとおしく、心に思い浮かべる。貧しくて、うるさくて、狭苦しくて、停電が多くて、夏はむし風呂のように暑く、冬はすきま風が吹き抜けた、けれども不幸の入りこむすきまはどこにもなかった、ジャクソン・アベニューのアパートメントが、恋しい。

——なぜならあの部屋はわたしが、あなたといた場所、だったのだから。

二年前の春から、るり子はラインベックという町で、ひとりの老女といっしょに暮らしている。ほんのすこし前までは猫がいたけれど、今はいない。そして、プリスウィッシュも、今はいない。

マジソン・スクエア・ガーデンの真向かいにあるペンシルベニア駅から、アルバニー行きか、バッファロー行きか、トロント行きか、とにかくハドソン河に沿って北へ、北へと向かう電車に乗って、一時間四十分。

そのあたりはアップステイト・ニューヨークと呼ばれている。大都会の片鱗《へんりん》はひとかけらもない。森と林と草原と野原と。畑と牧場と農場と。どこまでも、それらの組み合わせがつづく。

朝は、小鳥のさえずりか蛙の鳴き声に起こされる、のどかなカントリーサイド。道路の信号だって、数えられるほどしかないし、運転しているときには歩行者ではなくて、リスやシカの飛び出しに気をつけなくてはならない。

メインストリートの交差点から、四方に延びる並木道に、いくつかの店が寄り添うように軒を並べている。アンティークショップ、カードショップ、映画館。フランス料理店、イタリア菓子と食材の店、カフェ、画材屋、ブティック。古びた建物は赤煉《れん》瓦《が》づくりが多くて、その煉瓦の色はあせていたり、はげていたり。ビルではなくて、一軒家の一階を改装して、そこで店を開いている人もいる。「サマームーン」という名の雑貨屋と「ウィンターサン」という洋服屋は、るり子の行きつけの店。

週末や祭日には、マンハッタンや周辺の都市から、わざわざ、ここまで遊びにくる人たちがいる。マンハッタンから引っ越してきたるり子には、その理由が何となくだけれど、わかる気がする。それは、ここがとってもひなびていて——でも、うらぶれてはいない——とっても小さな町だから。半日もあれば、すみからすみまで、歩いてまわれる。まるで自分の庭のように、自分のホームグラウンドのように。店をひやかしながら通りを歩いていると、いつのまにか心が落ちついてくる。「帰ってきた」という気持ちにさせてくれる。それでいて町には、その古さのゆえか、不思議な品格のようなものが備わっている。

そして、どこからかふらっと流れてきた人が、短いあいだ住みついて、それからまた風のように去っていっても、だれも何も言わない、そんな町。ひとり者には似合いの町なのかもしれない。てきとうに親切で、てきとうに孤独な気分にさせてくれる。その孤独の度合いが、るり子は気に入っている。

町なかにある、ビクトリア風建築の一軒家の二階のふた部屋を、るり子は間借りしている。毎月の家賃はたった三百五十ドル。るり子の前には、貧しい大学院生と陶芸家の夫婦が住んでいたという。

一階のキッチンに通じる階段を降りていくと、下から、大家のローリーが声をかけてくれる。

「おはよう！　ルーリー。気分はどう。もうすっかり元気になった？」

ローリーは未亡人で、この家の一階に住んでいる。亡くした旦那はひとりではない。

「ありがとう、ローリー。かなり元気になりました。でもまだ悲しいけど」

るり子はまぶたのあたりを指でこする。まぶたの腫れはだいぶ引いている。だけど昨夜も結局、泣きながら寝入ってしまった。

「わかるわかる。あなたの気持ちはようくわかるよ。だから、悲しまないで、あたしのよい子」

エプロンについた汚れを気にしながら、ローリーは両手を広げて、るり子の体をそっと抱きしめてくれる。それから、底のない井戸のように深い、しわがれた声で言う。

「このあたし、町でいちばんの不良娘ローリーばあちゃんときたら、それはもう、数えきれないくらいたくさんの別れを経験してきたんだ。悲しみには慣れてるさ。もう何人、見送ってきたことか。ああ、戦争でも亡くしたさ。あたしはこの町でいちばんのお別れの達人なんだよ」

ローリーは耳の上あたり、まっ白な髪の毛のなかに、すみれとクロッカスと名もない春の野草を組み合わせた小さな花束をピンでとめている。「妖精のブーケ」と、彼女は呼んでいる。毎朝、庭に裸足で出ていって、朝食のオムレツに入れるためのハーブを摘み取ったあと、ついでに、そのへんに咲いている花や草を摘んで、ゴム輪でとめて、髪飾りにしている。

るり子はお湯をわかして、紅茶を淹れる。テーブルの上に食器をならべながら、トーストをふたり分、焼く。ローリーはオムレツをつくっている。濃いミルクティとトーストと、ハーブか野菜入りのオムレツ。トーストにはローリーの手づくりのマーマレードをつけて。これがここ二年間、ほとんど変わらないふたりの朝食。

「あの子は、いい子だった」

ローリーはボウルのなかの卵をかき混ぜながら言う。卵のなかにはブロッコリーとマッシュルーム、それにバジルの葉っぱが入っている。

「末っ子のくせして、きょうだいのなかではいちばん気のいい子でね。きょうだい喧嘩が始まると、いつも仲裁役をかって出たものだよ。ああ、猫にしておくのはもったいないくらい、よくできた猫だったさ」

母親のローズマリーから生まれた子どもは、ディルとタイムとミントの三匹。三匹ともオス猫だった。るり子が知っているのは、ミントだけ。

不動産屋といっしょにこの家を見学にきたとき、ローリーはるり子の顔を見て、開口一番、こう言った。低く、どすを利かせたような声で、

「あんた、動物は好きかい？　猫をかわいがってくれる人じゃないと、貸せないよ。二階には先住猫がいるもんでね」

願ってもないことだ、と、るり子は思った。猫だけではなくて、るり子はその昔、

獣医になりたかったほど、動物が好きだった。

「小さなころから腎臓が弱くて、しょっちゅうおしっこが出なくなってさ、そのたんびにあわてて、あたしはあの子を抱いて、病院まで走るんだ。あの子は車に乗るのが大嫌いだったし、猫用のかごに入るのもいやだったから。だからこの両手で、抱いていくしか、ないんだよ。町でも評判になってた。猫を抱いて通りを走ってる女がいたら、それはローリーだってね。最初に死ぬのは、てっきりあの子だと思ってたのに。それが最後の最後まで生き残って、最期はあんたに、あんなにかわいがられて、幸せだったと思うよ」

るり子はまた、涙ぐみそうになる。たちまちるり子の手のひらに、グレイの毛のやわらかい感触がよみがえる。澄んだグリーンの瞳。光の加減によってはブルーにも見えた。

わたしがミントをかわいがっていたのではなくて、ミントがわたしを、かわいがってくれていた、と、るり子は思う。ミントは毎晩、わたしといっしょに寝てくれたし、わたしがそばにいてほしいと思ったときには、寄り添っていてくれた。そして、ひとりでいたいと思ったときにはいつのまにか立ち去って、わたしをひとりにしておいてくれた。だれも知らない――ローリーにも話していない――わたしの心の奥底にある悲しみの領域を、ミントだけは自由に歩きまわることができた。

老猫ミントが往生したのは三日前のことだった。

二週間くらい前から、食欲がぱたっとなくなってしまって、市販のキャットフードはまったく受けつけなくなっていた。るり子は彼の大好物の白身魚を買ってきて、蒸してからひと口大に分けて、皿に並べてみた。ミントは鼻先をつけてクンクン匂いを嗅いで、それからちょっとだけなめた。でも、なめただけだった。そのあとは、水だけで二週間、生きた。電話に出た獣医は「早く楽にさせる方法もある。連れてきますか？」と言った。ローリーは「ルーリーにまかせる。今はあなたの猫なんだから」と言った。るり子は獣医の提案を辞退した。ミントを病院で死なせるわけにはいかない、と思った。

その朝、ミントはるり子の腕のなかで「にゃー」とひと声だけ鳴いて、前足で頭を抱えた姿のまま、しだいに固く、冷たくなっていった。眠るように死ぬ、という感じだった。裏庭のライラックの樹木の根もとに、深い穴を掘って埋めた。母猫のローズマリーと二匹のきょうだいもそのあたりに眠っているはずだ、と、ローリーが教えてくれたからだ。

「ねえ、若くて、美しくて、素敵なルーリーちゃん」

ローリーは、フライパンのなかでこんがりと焼けているオムレツを、お皿に盛りつけながら、ささやくように言う。

「悲しみをうまく、忘れる方法を知りたいかい？　悲しみを乗り越える方法。知りたければ、このローリーばあちゃんが教えてさしあげるよ」

「知りたい。教えて」

「そうかい、あんた、知りたいかい？」

「知りたい。とっても」

「悲しみを乗り越えるためには、まず目の前のでっかいオムレツを平らげることさ」

るり子はローリーの顔を見て、笑顔をつくる。

ローリーはまじめな顔をしている。

「そしてその悲しみを永遠に忘れないことさ」

朝ごはんを食べて、あとかたづけをしたあと、るり子は車で仕事に出かける。

シルバーメタルの小型車は、トヨタMR2という名のふたり乗りのスポーツカー。中古車専門のディーラーから、値切り倒して、五千ドルで買った。

ラインベックの町を走り抜けて、広大な農場が見渡せるカントリーロードを十五分も走れば、ラインクリフ・ブリッジにつづく幹線道路にぶつかる。ハドソン河にかかっているこの橋を渡って、最初の出口でハイウェイを降りれば、そこにキングストンという町がある。キングストンにはこのあたり一帯で一番大きなショッピングモールがあって、るり子はモールのなかに店舗を出している宝石店で働いている。

商品の流通や仕入れのノウハウについては、日本で働いていた輸入家具の店で、かいま見てきたから、ある程度の知識は持っていた。面接では、その点を強調した。自分は接客業が好きで、店員には向いているということも臆さず述べた。面接をしてくれた店のマネージャーが、るり子のプライベートな部分にひとことも触れようとしないのは、いかにもアメリカらしい、などと思ったものだった。

タイムカードを押して、ロッカールームで洋服を着がえてから、るり子は店に出る。

黒いニットの半袖のセーターに、黒のタイトスカート、足には黒いパンプス。全身を黒で統一さえしていれば、何を身につけてもいいというのがこの店の決まり。今日は黒いセーターの胸に、るり子は黒真珠のブローチをつけている。

午前中は冷やかしの客ばかりだったけれど、お昼休みからもどって、午後一番に、結婚指輪を買う意思をもった一組のカップルがやってきた。二十代か、三十代前半くらいに見える若いカップル。この店に来るのは二度めだから、今日は本気で買うことにしているのかもしれない。ふたりはるり子のことを覚えていたし、るり子ももちろん覚えていた。

「こんにちは。またお会いできて、とってもうれしいです。ごきげんいかがですか？」

晴れ渡った五月の空のような笑顔で、るり子はふたりに声をかける。

相手の目をまっすぐに見つめて、英語で話しかければ、その言葉の明るい響きが自分の心にも染みてくるような、そんな気がする。それはちょうど、鉢植えの植物にたっぷりと与えた水が、土に染みていく感じに似ている。うるおってくる。自分の言葉で、自分を元気づけることができる。

婚約中の若いカップルは、るり子がケースから出してきた指輪を見くらべて、たがいの指に、はめたりはずしたりしながら、楽しそうに会話を交わしている。るり子のセールスの言葉数は、ほかの店員にくらべると圧倒的に少ない。しかし、るり子の売り上げへの貢献は決して低くはない。るり子の仕事ぶりは店の同僚たちから、よく褒められる。「英語は拙《つたな》く、押しも弱いが、ソフトでエレガントな人柄がすばらしい」というような、褒め言葉で。

目の前のふたりは指輪をふたつに絞ってから、しばらく迷った末に、まず彼女の方が「決めた！」と片方を取りあげた。「うん、これだな」と彼もほとんど同時に言った。それから、クレジットカードがるり子に手渡される。

「ありがとうございました。どうぞお幸せに。いつまでも」

るり子はふたりを見送りながら、一瞬だけ、自分が店員であることを忘れて、心の底から、恋人たちの幸福を祈っていることに気づく。結婚指輪が売れたときには、なぜだかとても、うれしい。なぜだろう、とるり子は思う。わたしの二度の結婚は、どちらも別れで終わってしまった、というのに。

午後六時。宝石店での仕事を終えて、るり子はラインベックにもどっていく。朝きた道を反対方向に。方向を変えて走るだけで、景色はどうしてこうも違って見えるのだろう。るり子は走り慣れた道すがら、いつも同じことを思う。

帰りはラインクリフ・ブリッジの入り口で一ドルの通行料を支払う。ブースに立っている係員とは顔なじみになっている。

「すてきな夕方を！」

「ありがとう。あなたもね」

橋を渡って、最初の交差点を右に折れたら、ラインベックにつづくカントリーロード。けれども今日は左に折れて、お気に入りの公園に行くことにする。ポウエッツ・ウォーク。「詩人の散歩道」という名の公園。

——そこに行けば、あなたに会えるから。あなたと過ごした四年間の思い出のすべてに。

ジャクソン・アベニューで暮らしていたころ、るり子とプリスウィッシュはいつも仲よく手をつないで、近所の公園まで散歩に出かけたものだった。

アメリカ東部の夏は、夜の九時半を過ぎてもまだ空は明るく、そんな長い夏の夕暮れ時には決まって、あちこちの公園でジャズやロックやカントリーのコンサートが開かれていた。

　コンサートといっても、大げさなものではない。ついさっきまで、車の修理工場で油にまみれて働いていました、というような人や、会社の仲間同士でバンドを組みました、というような人たちが、どこからかやってきて、適当に演奏を始める。するとそのまわりに適当に人が集まってくる。るり子には、ひそかに贔屓《ひいき》にしているアカペラのグループがあった。アフリカ系の少年四人組だ。彼らが肩をふるわせながら、格好をつけて歌っている日は、最前列にしゃがみこんで、最後のアンコールが終わるまで、彼らの歌声に聴き入っていた。

　プリスウィッシュはるり子のそばにいて、音楽を聴きながら本を読むのが好きだった。そして、ときどき、ふっと何かを思い出したようにして、るり子の肩を抱き寄せた。

　プリスウィッシュは読書家だった。るり子が今までに出会った人のなかで、プリスウィッシュほどたくさんの本を読んでいる人はいなかった。読み終えた本は、よほど気に入ったものでないかぎり、まとめて古本屋に売却するので、蔵書の数はそれほど多くはなかった。しかし、読書についやされる時間は膨大なものだった。朝も昼も夜も、時間さえあれば、彼は本に目を落としていた。何冊かを同時進行で読んでいくのが、彼の好きな読み方だった。ベッドサイド、キッチンのカウンター、バスルーム……部屋のあちこちに、読みかけの本が置かれていた。空いた時間にちょっと手を伸ばせば、すぐに本に手が届くような場所に。

仕事に出かければ、昼休みはもちろんのこと、路上で客待ちをしているときにも、読んでいた。「信号待ちでは読まないと約束して」と、るり子は何度頼んだか、しれない。

彼は週に一度、火曜日だけは仕事を休んでいた。その日は一日中、部屋にこもって、コンピュータに向かって、脚本を書いていた。プリスウィッシュは脚本家志望だった。二十代のはじめごろから、作品を書いてはエージェントに送る、ということを繰り返してきた。

「九時台のテレビの連続ドラマの脚本として、最終候補まで残ったものもいくつかあったんだけれど、まだ一度も、採用されたことがないんだ」

プリスウィッシュは言った。

「でも僕はあきらめないよ」

「あきらめないで、ぜったいに」

と、るり子は言った。わたしの、いとしい人。夢をあきらめないで。追い求めて。そうすればきっと出会える。わたしがあなたに出会えたように。プリスウィッシュの瞳をのぞきこみながら、るり子は祈るように、そう思った。


家の近くの公園のなかに「ゼン・ガーデン」と名づけられた一角があった。瓢簞《ひょうたん》の形をした池の縁に、松の木と梅の木と桜の木と、それからジャパニーズ・メイプルと呼ばれる小ぶりのもみじの木が植えられていて、芝生の上には石仏が何体か、並べられていた。池には小さな石橋がかかっていて、橋を渡ったところには、まがいものの赤い鳥居までしつらえられていた。日系の人か中国系の人か、東洋贔屓の人か、あるいはニューエイジと呼ばれる人たちか、とにかく、もの好きなやからが写真集か何かを見ながら、酔狂でこしらえたのだろう。

池の水は濁っていて、水面には落ち葉や枯れ草が浮いていた。太陽の光に照らされたときだけ、池のなかに住んでいる蛙やゆらゆらと泳ぐイモリの姿が見えた。

六月になると、その池のなかで、蓮《はす》の花が咲いた。

大人のにぎりこぶしくらいの大きさの、いかにも頑丈そうなつぼみが、ある日突然、池のおもてから細い首を伸ばしたかと思うと、数日後にはいっせいに日の光の方に向かって咲きそろった。にじ色、というのか、ばら色、というのか、ゆめ色、というのか、その花の不思議な色あいを、いったいどういう風に表現したものだろうか、と、るり子は花に見とれながら、楽しく心を悩ませたものだった。

淡い赤と淡い黄と、はっとするほど清らかな白の三色の組み合わせ。陽射《ひざ》しを浴びると、それらの色が内側から、花びらを輝かせているように見えた。

満開の蓮の花を、何度でも見ておきたくて、るり子は仕事の帰りにまわり道をしては、公園に立ち寄ったものだった。

池のまわりをひとまわり、ゆっくりと歩いて、さまざまな角度から蓮の花をながめて、それから、アパートメントにもどる。

「ああ帰ってきた帰ってきた。僕の奥さん。おかえりなさい、るり子」

キッチンで夕食——人参とポテトとカリフラワーのトマト煮こみ、それが彼の得意料理だった。トマト風の煮こみを、玄米にかけて食べる——をこしらえながら、プリスウィッシュがドアを開けて、るり子を迎えてくれる。

「プリスウィッシュ！　ただいま」

玄関口でかならず、たがいの名前を口に出して、呼びあう、この一瞬が、るり子は好きで好きでたまらなかった。そしてそのあとの抱擁は、もっと好き、だった。

プリスウィッシュの細くて、ひんやりとした首根っこに両手をまわして、かかとを思いきりあげて、るり子はいとしい人の体に抱きつく。背の高いプリスウィッシュは、背中を丸めるようにしながら、小柄なるり子を包みこむように、大切なものを布でそっとくるむように、長い両腕で優しく、抱きしめてくれる。

いっしょに暮らしているのに、朝も夜もいっしょにいるのに、この瞬間、激しい幸福感が全身をかけめぐる。幸福のあまり、息をするのも苦しいほどに。

「あなたにすごく会いたかった」

るり子は言う。気持ちをいっぱいこめて。

「とっても、とっても、会いたかった」

「僕もだよ」

プリスウィッシュは答える。

「一日中、るり子のことを、考えていた」

ふたりは見つめあったまま、たがいの鼻と鼻を犬のようにくっつけあう。

「執筆、はかどった？」

「はかどらないよ、そんなもの」

「どうして」

「るり子のことばかり、考えていたから。書けなかったのはきみのせいだ。困るよ、こんなことじゃ。そばにいてくれないと」

「わたしがそばにいるときには、そばにいるせいで書けないと言うじゃない」

「それでも今日は、一ページくらいは、ましなものが書けたかな。あとで読んで聞かせるよ。だけどこの料理ほどはうまくないかも」

そう言いながら、プリスウィッシュは厚手の深鍋——この家の台所にある唯一の鍋——のなかから、指で人参のかけらをつまみあげて、味見をする。るり子の顔を振り返って、にっこりと笑う。

そのとき、るり子は気づく。ああ、この、笑顔。あの蓮の花の微妙な色あいを表す言葉は、きっとこれ。あの花は微笑んでいた。わたしのいとしい男のように。微笑みが、さざ波のように寄せてきて、あの色になる。

その日は、プリスウィッシュの夜勤の日だった。

仕事からもどってきたるり子といっしょに夕食を食べてから、彼は仕事に出かけた。キッチンに立ってあとかたづけをしていると、部屋のドアをノックする音がした。るり子はなかから「どなたですか?」と声をかけた。落ちついた感じのする男の声が返ってきた。

「ネオギーです」

るり子はあわてて髪の毛を直しながら、ドアを開けた。

ネオギーというのはプリスウィッシュのファミリーネームだった。ドアの外には上品な初老の男性と、グレイの髪の毛をした大柄な白人女性が、ならんで立っていた。男はすぐに、プリスウィッシュの父親だとわかった。るり子を見つめている瞳と、瞳を縁取る濃いまつげが、プリスウィッシュのそれと、生き写しだったから。

父親はるり子に柔らかな視線を——けれどもするどい光線のようにまっすぐ——あてたまま、言った。

「るり子さんですか？」

「はい、そうです」

「プリスウィッシュの父です」

「わたしは彼の継母にあたるジェインです」

「はじめまして。こんにちは。どうぞなかにお入りになってください」

　るり子はふたりを部屋に招き入れた。

「狭いところですけれど」

「すてきなお部屋だわ」

「今、紅茶を淹れます」

　ダージリンティを、るり子はていねいに淹れた。プリスウィッシュがいつも淹れてくれるやり方で。

「まずポットをあたためて、そのお湯でカップをあたためて、紅茶の葉っぱは、カップの数プラス1。風邪ぎみのときにはジンジャーの粉をすこしだけ加える。そうすると風邪なんてすぐに治るんだよ」

　紅茶の葉っぱを切らしていなくて、よかった、と、るり子は思った。「僕のおやじはコーヒーが大嫌いでね、絶対に飲まないんだよ」とプリスウィッシュが言っていたことを、るり子は忘れていなかった。

「アメリカ人が飲むようなティバッグのお茶も大嫌いなんだ。頑固者なんだ」

濃い紅茶をカップに三分の一くらい注いだあと、あたためたミルクをたっぷりと加える。

「これは息子のいちばん好きなティですね」

父親はひと口飲んでから、そう言った。プリスウィッシュとそっくりな笑顔が、そこにあった。人の心のなかに、もつれた糸のかたまりがあるとしたなら、それをゆるゆるとほぐしてくれるような、そんな笑顔。

タクシー会社に電話をかけて、無線で彼に連絡を取ってもらいます、と言って、立ちあがろうとしたるり子を、父親は「その必要はありません」と制止した。

「われわれはただ、あなたに会いにきただけなのです。息子から、手紙をもらいました。わたしたちはあなたに直接お目にかかって、ひとことだけお礼が言いたかった。あの子が今、どんなに幸せか、わたしたちは手紙を読んで、知りました。それを知って、わたしたちがどれほど幸せな気持ちになったか、それをあなたに伝えたいと思ったのです。あなたは、遠く隔たっていたわたしと息子の距離を縮めてくれた。結びつけてくれた。いくら感謝しても感謝したりないのです」

るり子は、波のように寄せては返す、端正で力強い、英語の響きに耳を傾けていた。

ジェインはソファに腰かけているあいだじゅう、プリスウィッシュの父親の片方の手を、自分の両手のなかに包みこんだままにして、膝の上に置いていた。ときどきその手のひらを強く握りしめてみたり、手の甲を指で優しく愛撫してみたり、していた。それがふたりの関係をよく物語っていた。

「おやじは片方の手が悪くてね。うまく動かなかった。子どものころにかかった病気が原因だとか、言っていたけど。本当のところは僕は知らない。僕がワルガキだったころ、何か馬鹿なことをしでかすだろ。おやじはかっとして、その手を振りあげてはみるんだ。けれど、結局、殴れなかったね。ガキだったころ、それを見てザマアミロなんて思ったさ」

けれども大人になってから、プリスウィッシュは気づいたのだと言った。「おやじはわざと、動かない方の手をあげていたのかもしれない」と。

小一時間ほどしてから、ふたりは静かに立ちあがって「そろそろ帰ります」と言った。

父親はるり子に手をさし出した。動く方の手だ。るり子はその手を、心をこめて握り返した。両手で。

ジェインがバッグのなかから名刺を取り出して、るり子に渡した。父親は言った。

「何か困ったことがあったら、いつでもここに連絡してきなさい。あなたはわたしの娘なのだから。だけど、ちっとも連絡してこなくてもかまいはしない。それもまた、あなたがわたしの娘だから。遠くにいても、近くにいても、わたしたちはあなたを愛しています」

ジェインはるり子を抱きしめた。父親もるり子を抱きしめた。

ふたりを見送ったあと、ひとりになってから、るり子は日本に住んでいる自分の母のことを思った。いまだに、ふたりの結婚を認めようとしないし、プリスウィッシュに会おうとも、話そうともしない母。ついこのあいだも、電話口で、プリスウィッシュには「金輪際、会いたくないし、会うつもりもない。日本に連れてもどってくるなんて、言語道断。もどってくるなら、さっさと別れて、ひとりでもどってきなさい」と言い放った。「白人ならまだしも」と。母親は頑強な人種差別者だった。

プリスウィッシュとつきあい始めたばかりのころ、るり子の心をだれよりも深く傷つけたのは、母親だった。母親の汚い言葉を聞きながら、血のつながった母親だからといって、自分の娘を理解できると思ったら大間違いだ、と、るり子は思っていた。

肌の色が濃い、というだけで、わけもなく車を停めさせられ、警察から尋問を受けることもあるこの国で生まれ育ち、大人になったプリスウィッシュは、るり子に言ったものだった。

「人種差別というのは、背中に半分だけ刺さったナイフのようなものだよ。差別する者はこう言う。ナイフは刺さっているが、心臓まで届いていないんだから、いいだろうと」

そう言ったあと、プリスウィッシュはこうつづけた。

「るり子のお母さんもきっと、いつか、わかる日がくるよ。彼女が、自分はいったいどういう人間か、自分で自分を理解したときに」

るり子を悲しい気持ちにさせたのは、母親だけではなかった。イエローキャブが、イエローキャブの運転手とくっついた。もとエリート社員の妻が、不倫で身をもちくずした。あの人は日本人女性の恥。同じ日本人女性として、恥ずかしい。るり子が順平と別れて、プリスウィッシュと暮らし始めたころから、そんな雑音がときおり、どこからともなく聞こえてくることがあった。

プリスウィッシュのことを、あからさまに悪く言う人もいた。「さくら会」のなかには、子どものいる人だけで集まる「さくらママの会」というのがあったのだけれど、そのグループの陰口ときたら、それはもうすさまじい勢いだった。彼女たちはるり子の人生を検閲するために、ひっきりなしに、電話をかけてきた。そのたびに、るり子が質《たち》の悪いインド人にだまされているのではないか、と「だれそれさんの奥さんが言っている」という風に、二重、三重の告げ口の形で、るり子は心ない言葉を聞かされる羽目になった。るり子がインド人青年と不倫をしたために、順平が降格され、日本に呼びもどされることになった、というような作り話も、まことしやかにささやかれていた。

もちろんるり子は、そんな罵詈雑言《ばりぞうごん》など、気にしていないつもりだった。言いたい人には言わせておけばいい、と思った。

汚い言葉を吐く人の口は汚れていて、結局そういう人は自分で自分の言葉に汚されているだけのことだ、と。しかし、ほんのちょっとしたひとことに足もとをすくわれて、見えない落とし穴にはまってしまい、つい、気弱になってしまうこともある。もしかしたら自分は何か、とんでもない間違いを犯しているのではないかと、自信を失いそうになる。

そんなるり子に、あたたかい声をかけ、力強く励ましてくれた人がひとりだけ、いた。

テニスのクラスに通っていたとき、そこで知りあった人。アメリカに渡って、もうかれこれ十数年になる、という日本人女性。通訳の仕事をしていた。「さくら会」には入っていなかった。

「前に似たような会、お豆腐の会っていうんだけど、笑えるでしょ、それに入っていたことがあったの。だけど、豆腐の腐ったような人ばっかりなんで、うんざりして脱会しちゃったのよ」

彼女はある日、るり子を昼食に招待してくれた。セントラルパークの見える広々としたダイニングルームで、彼女の手料理をごちそうになった。

「世間の常識なんて、ほんとはどこにもないのに。どこにもないものに縛られるなんて、ばかばかしい。そんなもの、気にしてはだめよ」

「ありがとう。気にはしていないつもりでいるんだけれど、ときどき」

「あなたが気にしている世間の常識は、すべて幻想よ。しかも海を隔てて、ずっと向こうにある小さな島国にある幻想。そんなものにとらわれないで、うんとあなたらしく生きて。ここは、あなたがシンプルに、あなたであることができる場所。この国ではだれと、どう生きようと、あなたの自由なんだから。もしかしたら、あの人たちがあなたのことを悪く言うのは、ほんとはあなたのことが、うらやましくてたまらないからかもしれない」

あなたは妬《ねた》まれているのよ、と、彼女はつづけた。るり子はただ曖昧にうなずいていたけれど、そのときにはどうしても、そういう風には思えなかった。

「うちの会社……主人に訊いてみます……主人はこう言ってます、を脱皮して、ヒステリックでくたびれた女にならないですんだあなたを、妬んでいるのよ」

彼女は自身の結婚と離婚について、多くを語りたがらなかった。グリーンカードを持っているということだったから、もしかしたら別れた夫はアメリカ人だったのかもしれない。でも話を聞いていると、日本人男性と結婚していたようにも思える。るり子はそれについて、あえてたずねることをしなかった。

るり子には彼女が、るり子の心の痛みにとても近い場所にいるように思えてならなかった。そう思うだけで、そう感じるだけで、るり子は慰められた。

「自由に生きる、ということはシンプルなこと。でも、シンプルに生きるためには途方もない強さが必要。強さのない人ほど、たくさんのものを身にまとおうとする。夫の地位、夫の肩書き、夫の財力、夫の学歴。そんなものを身にまとっても、彼女たちの中身はいつまで経っても空っぽ。空っぽのままよ。空っぽのまま生きることはとても簡単だし、ラクなの。ラクだけれど空しいし、不幸なのよ」

彼女は語った。るり子は耳をかたむけた。彼女はおそらく、自分の人生のなかで手づかみでつかんだ、何かをもとにして話していた。だからその言葉はるり子の胸に響いた。

それでも日々、るり子の気持ちを萎縮させるようなできごとは起こる。

たとえば、郊外の町まで出かけて、ふたりでレストランに入って、食事をしようとしたとき。空いているテーブルはたくさんあるのに、店のなかでもっとも薄暗い、もっとも狭いテーブルに案内されたりすることがままある。

たとえば、小旅行先のモーテルのフロントで。「あいにく今夜、部屋は全部ふさがっています」とすげなく断られることもある。表の看板には〈空室あり〉というサインが出ているにもかかわらず。

そういうあからさまな仕打ちではなくて、店内で、レストランで、人の集まる場所で、ただ、どこからともなく、小さなささやき声が聞こえてくることもある。何を言っているのかはわからない。でも、るり子とプリスウィッシュについて、何かをしゃべっているのだとわかる、そういうひそひそ声。

それから、もっと質の悪いのが、視線。いかにものわかりのよさそうな、親切そうな顔つきをして、本人はうまく隠しているつもりでも、その人の心のすきまから、もれてくる排除と侮蔑の視線。それを感じるとき、るり子は思わず身がまえて、体を硬直させてしまう。けれどもプリスウィッシュは、ふだんよりももっと柔和な微笑みを浮かべて、その人たちを見返す。差別の視線に対して、彼は慈愛の視線で抵抗する。

「自分の手のひらを自分の顔の前に、かざしてみるといい。そして手のひらの鏡のなかに、どんな顔が映っているのか、想像しながら、じっくり見つめてみるといい。そうすれば、自分はどういう人間で、何を考えているのか、おのずとわかってくるはずだ。差別する人間は、差別者の顔をしている。答えはいつも、手のひらに映っている自分の顔のなかにあるんだよ」

結婚して、三度めの冬を迎えようとしていた、ある日のことだった。

仕事からもどってきたプリスウィッシュが、息を弾ませながら言った。

「るり子、いい物件が見つかったよ」

半年ほど前から、プリスウィッシュは友人ふたりと共同で資金を調達し、三人でインド料理レストランを経営する、という計画を押し進めていた。ふたりのうちひとりは、インド料理の現役シェフだった。もうひとりはプリスウィッシュの高校時代からの親友で、資産家の息子。レストランを開店したら、プリスウィッシュとるり子とシェフは店で働き、資産家の息子はビジネスの実務を担当する、というところまで、話はまとまっていた。

「場所はどこ？」

「ちょっと北の方のカントリーサイド。とってもいいところだよ。店は幹線道路沿いだし、これは掘り出しものだ。前はイタリア料理店だったらしい」

地図を出して、指で押さえながら、ふたりで場所を確認した。

「ポーキープシーとラインベックのまんなかあたり。ちょっとだけラインベック寄りかな」

ラインベックという地名は、そのときはじめて耳にした。

「今月の終わりか、来月のはじめに、三人で物件を見にいってくるよ。そのあと、ふたりで見にいこうね」

店を持ったら。

午前中は執筆に専念できるね。朝から晩までるり子といっしょにいられるね。生活もいっしょ、仕事もいっしょ、なんて、夢のようだね。店を持ったら、お金をうんとためて、家を買おうか。田舎の村に小さな家を。そうしたら犬も飼える。猫も飼える。動物愛護協会へ行って、里子をいっぱいもらってこよう。るり子の好きな動物と植物に囲まれて暮らそう。店を持ったら。

その夜はふたりとも、遅くまで起きていた。ベッドに入ってからも、しゃべりつづけていた。店を持ったら。そのあとにつづく会話は尽きなかった。プリスウィッシュがしゃべり疲れて、寝息を立て始めてからも、るり子はなかなか寝つくことができなかった。

夢を語りあった夜から数えて、三週間後のことだった。

店舗の売買契約を取り交わすために、三人の男たちは弁護士事務所のある町まで出かけた。午後から雪が降り始め、その年の冬初めてのまとまった積雪となり、雪は途中から氷雨に変わった。凍結した雪道で、三人の乗った車がスリップし、道路脇の大木に激突した。運転席のシェフと後部座席の友人は助かったけれど、助手席に乗っていたプリスウィッシュだけは即死してしまった。

詩人の散歩道
開園時間　日の出から日の入りまで
入場料　無料
犬の散歩　許可します

通りにそんな看板が見えてきたら、そこが公園の入り口。

るり子は駐車場に車を入れて、ミネラルウォーターのボトルを一本、バッグにつっこんで、歩き始める。靴は職場を出るときに、スニーカーにはきかえてある。

ゆるやかな丘陵が、いくつかの林とその合間を縫うように流れる川と広大な草原を抱えて、ハドソン河沿いに広がっている。どの小道を選んでも、ゆきつく先には河がある。今日のように、気持ちのよい風が吹いている明るい夕暮れには、るり子はかならずここにやってくる。

ジャクソン・アベニューの近くにあった名もない公園や、セントラルパークを散歩しているとき、プリスウィッシュはよく、空で覚えている詩や小説の一節を暗誦《あんしょう》してくれた。るり子には、英語の意味の細部まではわからなかったけれど、それでも、流れるように美しい音楽のような英語に、耳を傾けているのが好きだった。だから散歩しているときにはいつも、「何か暗誦して」とせがんだものだった。

木立をくぐり抜けて、ゆるやかな登り坂をのぼりきったところまでくると、彼方に河が見えてくる。

「プリスウィッシュ、また会えたね」

るり子は声に出してつぶやく。

プリスウィッシュの遺灰は、彼の生前の希望に従って、このハドソン河に撒《ま》いた。坂をくだった細い道のつきあたりに、ぽつんと、木でつくられたベンチが置かれている。だれかが、亡くなっただれかを偲《しの》んで寄付したベンチ。長椅子の背には「愛する私の妻ジャスミンに捧げる」という文字が彫られている。

るり子はそこに腰かける。不思議なことに、ほかの場所にあるベンチはたいていふさがっているのに、このベンチだけはいつも、空いている。まるで、るり子がここに来るのを待っているかのように。

目の前には、ハドソン河がたっぷりと蒼《あお》い水をたたえて、流れている。海のようだ、と、るり子は思う。バッグのなかからミネラルウォーターのボトルを出して、ひと口だけ、飲む。ふいに、るり子のまぶたの裏に、真冬の光景が浮かんでくる。プリスウィッシュが逝《い》ってしまった日。灰色の午後。

灰色の河に、つめたい雪が降りそそいでいる。

彼の死を確認させられたあと、病院の廊下に出て、ひとりきりになってからも、るり子は泣くことができなかった。人は耐えがたい悲しみのまっただなかにいるとき、涙を流すことさえできなくなる。るり子は両手で顔をおおって、背中を丸めてただその場にうずくまっていた。

その悲しみは今も、河のように流れている。るり子の心のぶあつい氷の下を、流れてゆく。たぶん、それが消えることなど、永遠にないだろう。今朝、ローリーが教えてくれたように「悲しみを忘れる方法は、忘れようとしないこと。忘れないでいること」しか、ないのかもしれない。

If you want to forget your grief, don't forget it ever.

日本にもどっておいでよ、と、声をかけてくれる友だちもいる。仕事、紹介するよ、と言ってくれる知人も。だけど、るり子にはわかっている。日本もアメリカも仕事も結婚も、家族も友人も、それらが無条件でわたしを幸せにしてくれるのではない、と。幸せはそんな風に、外からやってくるものではないのだから。

——だから。

ミントが最後の最後まで、せいいっぱい生きたように、わたしも生きてみよう、と、るり子は思う。この河のそばの町で、悲しみを抱えたまま。

るり子は来年の三月で四十歳になる。ローリーは八十九歳。ミントは生きていれば二十歳。プリスウィッシュは――

生きていれば、三十五歳になる。

解説——私を見つけて

長坂道子

恋愛に国境はない。あるのは人と人との境だけ。

かねてよりのそんな持論が、一つ一つ、まるで手品の種明かしのようにコンファームされていく。恋愛小説の名手、小手鞠さんの初期の短編集を読み進めながら、「そう、そうなんだよね」と、私は心地よい高揚感の中を漂っていた。

ここで紡がれている「恋のお話」は、どれもたまたま、日本人女性とアメリカ国籍の男性という組み合わせを扱っている。そしてそのいずれもが、日本人女性を主人公に、彼女の視点で、そして日本語で書かれている。日本語の小説が日本語で書かれるのはもちろん当たり前のことだが、自分の恋を語る彼女たちの心や頭の中では、思うに、二つの言葉が混沌と混じりあい、ときにはどちらの言葉でもない、いや、もはや言葉とは呼べないかもしれない第三の言葉が勝手に独り歩きしてしまうことだってあるに違いない。二つ以上の文化や言語の中に日々、身をさらしながら生きて、恋をしていくというのは、つまりはそういうことだ。にもかかわらず、たとえば「出口のない森」の主人公、かすみは、パーティの席で出会った、在米年数の長そうな変な日本人女性、英語混じりのおかしな日本語を話し、枯れ枝のような足をミニスカートからのぞかせているアイリンと名乗るその女性を前に、こんなふうに思っている。

……これだけは確信をもって言える、と思う。いくらアメリカ暮らしが長くなっても、人はそう簡単に、母国語を忘れたり、しゃべれなくなったりはしない。意識してそうしないかぎり、日本語に英語が混じるようなことには、ならない。すくなくともわたしはそんな風にはならないし、なりたくない。

かすみほどのクリアーな自覚はないにせよ、ここに登場する日本人女性たちは、みな、言葉にならない部分をも含めた自分の恋を、あえて日本語で、それも端正で表現豊かな日本語で語っている。だから読むものはどうしたって、日本語の側にいる人(つまり主人公の女性)に寄り添って、どこか「こっち側からあちら側を眺める」視点で、小さな窓から大きな外界を眺めるようにして、これらの物語を読むのである。日本の外で、日本語の外で起こっていることが、日本語で記述されるということには、そんな不思議な効用(一種のサイドエフェクト〜副作用〜みたいなもの)もあるのである。

※

さて、一口にアメリカ国籍の男性といっても、インド系から黒人系、ユダヤ系とアイルランド系が混じった人など、ここに登場する「アメリカ人男性」たちのバックラウンドはさまざまだ。そしてその「さまざまであるところ」が、まさにアメリカ的……というふうにすっきりといってしまいたいのはやまやまなのだが、結局のところ、人とは何人《なにじん》であろうが、肌の色が何色であろうが、宗教がなんであろうが、ともかく「さまざまである」もの。十人の男性がいたら、それは十人の個性である。国籍が先か、個性が先かと問われたら、私は迷いなく、個性が先、と答えるだろう。

たまたま、日本人女性とアメリカ国籍の男性、というふうに先ほど私は書いた。そうなのだ、これら五つの恋物語は、日本人女性とアメリカ国籍の男性という組み合わせ、という共通項で一つにつながっているが、それは本当に「たまたま」という気がする。五人の彼らには、「アメリカ国籍」という共通項こそあるけれど、そして英語を話し、英語的な思考回路で物を考え、あの大国の価値観をそれぞれの形で背負っている人、という共通項こそあるけれど、そんなものは彼らの間に横たわる個性の違いに比べれば、さほどたいした問題じゃない。

「アメリカ人中毒になりそう」――チャールズとの恋の初期に、弥生はまんざら冗談でなくそんなふうに思っていた（「愛が買えるなら」）。でも、それはまだその段階で彼女が知らなかっただけのことで、彼女が中毒になっていたのは、「アメリカ人一般」ではなく、「チャールズというこの一人のアメリカ人」だったに過ぎない。

それはもちろんそうなのだが、人は誰かを好きになるとき、その人たった一人を脈絡や背景といったものからぽつんと切り取って好きになるのかといえば、それはまたそうでもない。一人の人間の中には、彼個人の責任を大きく越える背景や歴史の――いわば文化遺産的な――名残がたくさん詰まっている。彼がそれとは知らずに背負い込んできたもろもろの荷物、もしくはその荷物のさらに向こう側に広がっているはずの未知の地平線といったところまでをも含めて、人は誰かを好きになったり嫌いになったりするのではないか。たとえ恋する本人にはそんなまどろっこしい自覚などないとしても……。

恋というのは……などと大上段に構えた物言いをする資格は私にはないけれど、けれど直感的に、あるいは経験論的に思う。恋というのは、二つの異なる個性の間に、絶妙のタイミングに背中を押されるようにして、なにかのっぴきならぬことが起きること。そうして急激に、あるいはゆるやかに縮まった二人の間の距離が、時の流れの中で今度は逆に再び開いていくとき、それは地理的な距離とは直接関係ないし、文化的な距離とも関係がない。価値観の違いというようなことは、日本人と遠いアフリカのどこかの国の人との間に起こりえるのと同じように、隣町の日本人同士の間にだって起こりえる。日常の、ささいな断片の中に仄見《ほのみ》えてしまう決定的な差だとか、第三者の登場によってぐらりとくずれる均衡、あるいは外部的な要因がきっかけをつくってしまう関係のひび割れやひずみ、時の流れの中でちりが積もるようにしてたまり、増大していくズレ……。そうした傷に対し、完璧な免疫を備えた恋などあり得ない。

ここに登場する五人の女性は、みな、たまたま国境を越えた恋をしたけれど、同時に彼女たちは人と人との間に横たわる境をも越えたのだった。国境とは、その意味では単なるメタフォーであるとさえいってよいのではないか。

メタフォーといえば、「アイ・ラブ・ユーの意味」の主人公、明美が「翻訳」という自分の職業のことを描写するくだりもまた印象的だ。

英語を日本語に置きかえていく。

相手の言葉を自分の言葉に置きかえていく。

あなたの人生をわたしの人生に置きかえていく。

結婚とは、果てしのない翻訳作業のようなものかもしれない。

どこまで歩いていっても、どんなに愛しあっていても、ふたりの人間が完全に重なりあう、ということはない。ふたりはいつまでたってもふたりの人間であって、ひとりになる、ということは永遠に、ない。どんなに神経をとがらせて訳しても、異なった言葉と言葉が寸分の狂いもなく、置きかえられることがないのと同じように。

それでも根気よく、あきらめないで、置きかえていく。静かな情熱を燃やしなががら、作業をつづけていく。今日はここまで、できた。明日はここまで、できるだろう。

　心躍る作業。

　縮まらない距離を、一生をかけて、縮めていく。今日はここまで。明日はここから……。

　たとえ同じ言語を話す者同士の恋愛だとしても、そこには翻訳作業という営みが常に要求される。たとえ「あうん」の呼吸でつながっていると思っている相手との間にだって、それは必要だ。ときにしんどくもある翻訳作業を、途中で投げ出してしまわず、それこそ根気よく続けていく。しんどいと同時に、それはまた心躍る作業でもあるから……。恋愛のそんな側面を、このメタフォーは実に生き生きと立ち上らせてくれる。

※

　たまたま、たった二年間とはいえ、アメリカの大学町で暮らしたことがあり、たまたま現在もなお、異なる言葉や宗教や価値観を持つ人々の間で暮らし続けている私は、この小説の読み手としては、本当は模範的ではないのかもしれない。なぜなら、舞台の状況描写があまりに巧みであるために、どうしたって自分自身の具体的な異国体験に引き寄せてこれを読んでしまうからである。そして、ここに紡がれる五つのお話は、具体的な異国体験といったようなものを抜きにして、ただ、あるがままの恋愛小説として読まれることを、どこかで望んでいるかもしれないからである。

そう、「国境越え小説」の形をとりながらも、これは、まず何よりも、「人と人との境」を越えたところに成り立つ恋のお話。しかもそれは、なんだか自分ももう一度、境を越えてみたくてうずうずしてくるような、そんな魔力を秘めた恋のお話だ。

それはまるで、五つのまったく異なる、それぞれに深い味わいのある砂糖菓子が、一つの箱の中に整然と収められているような、そして食べる本人はそれと知らずに中に潜んでいる媚薬を呑み込んでしまうような、その意味では、大いに危険な「お話のギフトボックス」といえるかもしれない。一気に全部食べてしまってもいいし、一つ一つ、ゆっくり味わいながら、自分で自分を少しじらせながら賞味するのもいい。あと味は、おそらく、読者一人ひとりの恋の軌跡のあり方によって、または現在進行中の思いや辛さや幸せによって、甘くも酸っぱくも、あるいは強烈に苦くもあることだろう。

——エッセイスト

この作品は二〇〇二年二月文香社より刊行された『アメリカ人を好きになってわかったこと。』を改題、改訂したものです。

なお、冒頭のエピグラムは、『アメリカの鳥たち』（ローリー・ムーア著／岩本正恵訳／新潮社刊）に収録されている「きみがそう望むなら」より引用しました。

私《わたし》を見《み》つけて

小手鞠《こでまり》るい

平成20年8月10日　初版発行
令和2年3月25日　2版発行

発行人――石原正康
編集人――菊地朱雅子
発行所――株式会社幻冬舎
〒151-0051東京都渋谷区千駄ヶ谷4-9-7
電話　03(5411)6222(営業)
　　　03(5411)6211(編集)
振替00120-8-767643
印刷・製本―図書印刷株式会社
装丁者――高橋雅之

幻冬舎文庫

ISBN978-4-344-41169-2　C0193　こ-22-1

幻冬舎ホームページアドレス　https://www.gentosha.co.jp/
この本に関するご意見・ご感想をメールでお寄せいただく場合は、comment@gentosha.co.jpまで。